Gaby Schuster
wurde 1948 in Unterthingau (Ostallgäu) geboren. Nach ihrer Schulausbildung arbeitete sie zunächst als Volontärin und Jugendredakteurin beim Allgäuer Tagblatt, später bei der Südwestpresse Ulm. Seit 1973 ist sie verheiratet und lebt mit ihrer Familie in der Nähe von München.

Gaby Schuster

CLUB PARADISO

Flammen auf der Kap Kalliste

Schneider Buch

Die Deutsche Bibliothek – CIP-Einheitsaufnahme

Club Paradiso. – München : Egmont Schneider

Bd. 7. Flammen auf der Kap Kalliste / Gaby Schuster. – 2000
ISBN 3-505-11397-2

Dieses Buch wurde auf chlorfreies, umweltfreundlich hergestelltes Papier gedruckt. Es entspricht den neuen Rechtschreibregeln.

Der Schneider Verlag im Internet:
http://www.schneiderbuch.de

Nach einer Idee von Michael Czernich
Lektorat: Birgit Meyer
Umschlaggestaltung: Lüders & Baran, München
Titelbild: Thomas Thiemeyer
Herstellung/Satz: FIBO Lichtsatz GmbH, Unterhaching
Schrift: 11˙ Aldus
Druck: Presse-Druck, Augsburg
Bindung: Conzella Urban Meister, München-Dornach
ISBN 3-505-11397-2

00 01 / 8 7 6 5 4 3 2 1

INHALT

SCHÜSSE ZUR VERZIERUNG

„Nichts!“ Jennifer zuckte mit den Schultern. „Es gibt nur diesen einen Informationsschalter, und der ist dicht!“

„Ist ja toll!“, murmelte Marko. Das rote Schild verkündete in drei Sprachen: *Fermé – Closed – Chiuso*. Die herabgelassene Jalousie sagte auch ohne Worte, dass die Dame im Glaskasten augenblicklich ihre Mittagspause machte.

„Dann müssen wir eben warten“, akzeptierte Jennifer die Dinge, die sie nicht ändern konnte.

„Mist!“

Markos Magen knurrte, und die Batterien in seinem Walkman hatten ihren Geist aufgegeben. Eine gefährliche Kombination. Auf Musik oder Essen konnte Marko Heimberger im schlimmsten Fall verzichten. Beides gemeinsam schlug ihm auf die Laune.

„Andrea hat uns die Tickets geschickt, dann muss sie doch wissen wann wir ankommen?“

„Schon mal was von Verkehrsstaus, Verzögerungen oder Irrtümern gehört?", zählte Jennifer mögliche Komplikationen auf. „Sie wird schon auftauchen. Auf Korsika ist sie hauptberuflich Animateurin im *Club Paradiso* und nicht unsere Tante!"

„Wenn wenigstens dieser blöde Kiosk geöffnet hätte, damit ich mir Batterien kaufen kann", antwortete Marko ein wenig zusammenhanglos.

Jennifer gab es auf. Sie kannte ihren Bruder. In der Laune ließ man ihn besser in Ruhe. Sie besah sich die kleine Ankunftshalle des Flughafens von Figari durch den Sucher ihrer Kamera. Ein paar Airline-Schalter, zwei Autovermietungen, der geschlossene Kiosk, die Information und eine Bar ohne Personal.

Jeder, der mit ihnen im Charterflugzeug nach Korsika gesessen hatte, war abgeholt worden, in ein Taxi gestiegen oder mit dem Mietwagen davongefahren. Friedliche Siestastimmung lag über der fast menschenleeren Ankunftshalle. Ein braunhäutiger, alter Mann in einem grauen, formlosen Overall schob mit einem breiten Besen Zigarettenpackungen, Kaugummipapiere und Sandstaub vor sich her. Er machte den Eindruck, als hielte er dabei ein Nickerchen.

Die klimatisierte Kühle der Halle stand in krassem Gegensatz zu der flirrenden Hitze vor den großen Fenstern. Zu Hause hatte das Thermometer gerade mal zwanzig Grad angezeigt. Auf Korsika hingegen machte die Sonne schon Anfang Juni täglich Überstunden.

Marko beobachtete seine Schwester beim Schwenk durch die Halle. Statt ihres Gesichts sah er nur den Fotoapparat. Eine Kamera mit dunkelblonden Locken. Die längliche Ausbuchtung in einer ihrer zahllosen Klappentaschen an den Khakis war vermutlich kein Müsliriegel, sondern ihre Mundharmonika, oder eine Sparpackung neuer Filme. Verflixt, wo blieb Andrea? Es sah ihr nicht ähnlich, ohne die kleinste Nachricht unpünktlich zu sein.

„Jennifer? Marko? *Eh, salut tous les deux!* Ich bin Paolo! Andrea hat mich gebeten, euch abzuholen!"

Marko fuhr herum. Lautlos hatte sich ihm ein junger Mann in strohbesohlten Stoffschuhen genähert. Unter schwarzen wilden Locken sahen ihm ein Paar dunkler Augen aus einem braun gebrannten Gesicht entgegen. Ausgefranste Jeans und ein verblasstes *Club Paradiso*-T-Shirt wiesen ihn als Kollegen von Andrea aus.

„Siehst du! Ich hab's gewusst!" Jennifer überwand

ihre Verblüffung schneller als ihr großer Bruder. Sie lächelte zurück. „Salut, Paolo!"

„*Bienvenue en Corse!*" Dieses Mal galt das Lächeln nur noch Jennifer. „Ist das dein Gepäck? Komm, ich helfe dir ..."

Paolo griff nach dem Rucksack, den ein neongelber Plüschdiddl eindeutig als Mädcheneigentum auswies. Jennifer musste nur ihre Fototasche tragen. Sie marschierte vergnügt neben Paolo in Richtung Ausgang. Marko guckte verblüfft hinterher.

„Kommst du?", rief sie über die Schulter, und er griff leicht gereizt nach seinen Habseligkeiten. Wieso musste er eigentlich seinen Rucksack selber schleppen?

Ein intensiver Duft nach Kräutern überlagerte draußen die Kerosin- und Technikluft des Flughafens. Der Geruch erinnerte Marko in Verbindung mit der Hitze an einen bullernden Pizza-Ofen. Jetzt merkte er, wie hungrig er war. Als er den kleinen Kastenwagen mit dem *Club Paradiso*-Logo erreichte, saß Jennifer bereits neben Paolo und deutete auf den Rücksitz.

„Ich hoffe, du hast Platz!" Paolo steckte bereits den Zündschlüssel ins Schloss.

Marko quetschte sich stumm zwischen zwei Plastikkörbe mit Stangenbrot, mehrere Obstkisten,

Jennifers Rucksack, und einen sperrigen Außenbordmotor. Sein eigenes Gepäck musste er wohl oder übel auf den Schoß nehmen. Paolos kräftiger Tritt auf das Gaspedal brachte augenblicklich die Kisten und Körbe ins Rutschen. Vom Außenborder klatschte ein schmieriger Öltropfen auf seine besten Khakis.

„Mist!"

Auf den vorderen Sitzen verhallte sein Frust ungehört. Jennifer hatte nur Augen für die vorbei flitzende Landschaft von Korsika. Knorrige Korkeichen, bizarre Felsmonumente und jede Menge Schnee auf den schroffen Bergen im Hintergrund.

„Schon komisch, dass auf Korsika um diese Zeit noch Winter ist!", wunderte sich Marko, der Pfingstferien und weiße Berghänge nicht in Einklang brachte.

„Nur was du ganz oben siehst, ist Schnee!", lachte Paolo. „Das Weiß darunter ist die Macchia! Die Zistrosen blühen um diese Jahreszeit so weiß wie der Schnee!"

Er raste die kurvige Landstraße entlang, als ginge es um den großen Preis von Monte Carlo.

„Was sind das eigentlich für Typen, die da überall an den Straßenkreuzungen stehen?", erkundigte sich Jennifer. „Polizei?"

„*No! Pompiers* ... äh ...", Paolo suchte nach dem deutschen Wort. „Feuerwehr! Feuerwache ... Wir haben große Probleme im Sommer mit Waldbränden. Also muss man versuchen, dass es keine gibt!"

Auch Marko fielen jetzt die blau uniformierten jungen Männer auf, die scheinbar gelangweilt im Schatten ihrer roten Jeeps lehnten. Eine rundherum heiße Angelegenheit, Feuerwehrmann auf Korsika zu sein. Auf die meisten dieser Aussichtsposten knallte die Sonne.

„Sieh mal das Ortsschild!", quietschte Jennifer im nächsten Augenblick ganz aufgeregt. „Es sieht aus wie ein Schweizer Käse!"

Paolo musste wohl oder übel an einer roten Ampel halten, und Marko sah, was seine Schwester meinte. Beide „o" in „Bonifacio" bestanden nur noch aus fingergroßen, runden Gucklöchern.

„Schusslöcher?", staunte Marko, während er sich gleichzeitig sagte, dass er sich täuschen musste.

„Exakt!", nickte Paolo fröhlich.

„Du meinst, hier wird geschossen?" Jennifers Augen wurden riesengroß und ein wenig ängstlich.

„Aaah, nicht wie du meinst!", lachte der junge Korse und trat das Gaspedal erneut bis zum Anschlag durch. Die Reifen quietschten, und Marko verstand danach nur noch den Rest seines Satzes.

„... nur die Jäger. Korsen lieben die Jagd, besonders die Wildschweinjagd. Aber ... wenn ist eine Jagd kein Erfolg, sie zeigen an einem Schild oder Tafel, wer von ihnen ist der beste Schütze!“

„Ach so!“ Jennifer entspannte sich und erwiderte Paolos Grinsen. „Du sprichst prima Deutsch! Was machst du eigentlich im *Club Paradiso*?“

„Ich bin der Mann für die Mechanik, sagt man so? Spezialist für alle Maschinen. Boote, Autos, Fahrräder, Kühlschränke, Lautsprecher, kein Problem für mich. Ich mache alles wieder zu laufen!“

„Mit viel Öl anscheinend!“, knurrte Marko. Er wischte erneut an seinem Fleck herum, ohne dass sich vorne jemand dafür interessierte.

Die Geruchsmischung aus Maschinenfett, frischen Brotdüften und den aromatischen Pfirsichen in den Kisten hinter ihm, brachte seinen leeren Magen endgültig zum Rebellieren.

Doch Paolos Fahrstil gab ihm keine Chance, einen der Pfirsiche zu ergattern. Wenn er nicht am Ende den Außenbordmotor auf dem Schoß und die Brote im Nacken haben wollte, benötigte er trotz Sicherheitsgurt beide Hände zum Festhalten. Nach einem waghalsigen Überholmanöver, das Marko erst nach links und dann wieder nach rechts warf, bog der junge Korse mit heulenden Reifen in eine kleine, aber nagelneu geteerte Seitenstraße ab.

Kurz darauf passierten sie ein überdachtes Rundbogentor, und Paolo hielt den Wagen vor den blühenden Oleanderbüschen neben der Rezeption des *Club Paradiso* an. Eine bunt gestreifte Markise beschattete den Eingang, und Andrea eilte herbei, um ihre Gäste zu begrüßen. Marko bekam neben seinem üblichen Begrüßungskuss noch einen kritischen Blick zugedacht.

„Du siehst blass aus, kann es sein, dass du Ferien brauchst?", erkundigte sich seine Patentante besorgt. „Ah ... Paolo, wo hast du so lange gesteckt? Der Koch wartet bereits auf das Brot und das Obst. Marius fragt außerdem ständig nach seinem Außenborder!"

Paolo antwortete in maschinengewehrschnellem Französisch, und Andrea brach in helles Gelächter aus. Marko hatte nicht das Gefühl, dass der Korse eine Erklärung für seine Verspätung abgab. Es hörte sich eher nach einem Witz an.

„Was ist los mit dir?" Jennifer gab ihm einen leichten Rippenstoß. „Gefällt dir Korsika nicht?"

„Kann ich noch nicht sagen", antwortete Marko noch immer ein wenig übellaunig. „Brandgefahr, irre Jäger und durchgeknallte Maschinenspezialisten, die auf Rennfahrer machen, sind auf jeden Fall nicht das Gelbe vom Ei. Der Typ lässt uns über eine Stunde am Flughafen schmoren und dann sagt er nicht mal sorry für die Verspätung!"

„Ist auch schlecht möglich!" Jennifer zog seine Beschwerde ins Lustige. „Hier heißt das nämlich *excuser* oder so was Ähnliches. Und jetzt hör auf zu meckern, alter Miesmacher, sonst ..."

„Also meine zwei Lieblingstouris, auf ins Quartier! Ich konnte einen Bungalow mit Meerblick für euch organisieren, obwohl ich hier nicht mehr der Obermufti bin!"

Andrea warf die roten Locken über die Schultern und lächelte ihre Patenkinder an. Sie freute sich, die beiden auch in diesen Ferien bei sich zu haben.

„Warum eigentlich nicht?", fragte Marko vorsichtig. „Waren sie in Pamfilya nicht mit dir zufrieden?"

Bei ihrem letzten Abenteuer hatte Andrea den *Club Paradiso* an der türkischen Mittelmeerküste als Managerin geleitet und zusammen mit Marko und Jennifer aus großen Schwierigkeiten gerettet.

„Die Zentrale war schon zufrieden, aber ich nicht!" Andrea erinnerte sich nur ungern an die Aufregungen im Club Pamfilya. „Ehrlich gesagt, als Animateurin zu arbeiten macht jede Menge

Spaß, und der Stress ist völlig ausreichend! Ich muss nicht mehr davon haben!"

„Ist ja auch egal!" Marko fand endlich zu seiner üblichen Lebensfreude zurück. „Hauptsache, du hast auch weiterhin die Möglichkeit, deine Lieblingsverwandten einzuladen! Übrigens, ein dickes Dankeschön! Ohne dich hätten wir unsere Pfingstferien dieses Mal daheim verbracht. Unsere ‚Regierung' findet nämlich ärgerlicherweise, dass es in dieser Jahreszeit zu Hause einfach am schönsten ist."

„Stimmt", fügte Jennifer an. „Nichts gegen Fahrradtouren und Spaziergänge in Butterblumen und Löwenzahn, aber das sind doch keine Ferien. Das ist höchstens Freizeit!"

„Ein bisschen mehr wird hier schon geboten", lachte Andrea. „Lasst euch überraschen!"

„Wow! Ist ja total super!" Die kleine Steinterrasse des Häuschens hatte einen direkten Zugang zum Sandstrand, und wurde von einem weit vorgezogenen Strohdach beschattet. Jennifer hüpfte begeistert von einer Seite zur anderen. „Ein Eigenheim am Meer! Wow! Hier werdet ihr mich so schnell nicht wieder los!"

Andrea lächelte und sah sich nach Marko um,

der das Appartement wie üblich genauer in Augenschein nahm, ehe er sein Urteil abgab. Wie in allen *Club Paradiso*-Anlagen ließ die Einrichtung keine Wünsche offen. Fernseher, Stereoanlage, ein kleiner Kühlschrank und ein perfekt ausgestattetes Bad waren selbstverständlicher Standard.

„Wie war der Flug?“, erkundigte sich Andrea und deutete auf den Eisschrank, den sie persönlich mit den Lieblingsgetränken ihrer Patenkinder gefüllt hatte.

„Es gab nichts zu essen“, petzte Jennifer vergnügt, während Marko sich eine Orangina aufmachte. „Deswegen hat mein Bruderherz seinen Charme auch auf Sparflamme gestellt!“

„Quatsch!“ Marko versuchte seine Verlegenheit zu überspielen. „Wenn dieser Paolo einigermaßen pünktlich gewesen wäre, hätten wir sowieso ...“

„Mensch, das ist doch gar nicht wichtig!“, fiel ihm Jennifer ins Wort. „Wir sind angekommen, noch nicht gemerkt? Und Paolo ist echt nett.“ Sie sah zu Andrea. „Er sieht aus, wie dieser Korsenkopf, den sie hier überall auf den Fahnen und Plakaten abbilden! Wieso eigentlich? Wer ist der Typ? Ein Nationalheld?“

„Der Korsenkopf symbolisiert die nationale Eigenständigkeit der Insel. Aber weshalb man 1792 ausgerechnet ihn als Symbol gewählt hat, weiß heute niemand mehr so genau", beantwortete Andrea ihre Frage. „Sicher ist nur, dass die weiße Stirnbinde auf eine Tradition der alten Griechen zurückgeht. Damals haben die Herrscher ein weißes Stirnband getragen, wenn sie demonstrieren wollten, dass sie die Herrschaft über ein Gebiet errungen haben. Die Idee gefällt den Korsen bis heute. Ihr wisst ja, dass sie ihre Unabhängigkeit vom französischen Festland besonders betonen!"

„Sogar manchmal mit Hilfe von Sprengstoff!", meldete sich Marko. „Papa musste ganz schön Überzeugungsarbeit bei unserer Mutter leisten, ehe wir deine Einladung annehmen durften!"

„Ich weiß", Andrea hatte ebenfalls mit ihrer besorgten Schwester telefoniert. *„A terra corsa a i corsi"*, ist einer der beliebtesten Sprüche auf der Insel. Aber mehr als überpinselte Straßenschilder und gesprayte Parolen werdet ihr davon nicht sehen. Außerhalb der Saison sind Polizeistationen, Finanzämter und korrupte Politiker in Gefahr, aber Touristen nie! Die Korsen sind vielleicht Dickschädel, aber keine Dummköpfe. Sie verdienen zu gut an ihren Gästen, um sie mit negativen Schlagzeilen abzuschrecken! Viele der Geschichten sind ohnehin reichlich übertrieben!"

„Paolo als tapferen Rebellen, das kann ich mir richtig vorstellen", geriet Jennifer ins Träumen.

„Du hast einen Knall, mit deinem Paolo!", erklärte Marko und unterstrich seine Meinung mit einer Geste zur Stirn. „Den Knaben kannst du in der Pfeife rauchen!"

„Paolo ist echt ein netter Typ!", half Andrea ihrer Nichte. „Vielleicht nicht der Pünktlichste, aber immer hilfsbereit und gut drauf!"

Marko verdrehte die Augen, und begann den Inhalt seines Rucksacks in einem Schrank zu verstauen. Zwei gegen einen, das war unfair.

„Mich interessiert viel mehr, wo ich einen Satz 1,5 Volt Batterien und etwas zum Essen bekomme!", würgte er das Thema Paolo kurz entschlossen ab.

„Die Batterien im Shop neben der Rezeption und das Futter im Kühlschrank", sagte Andrea gutmütig. „Ich habe für jeden von euch ein *pain bagnat* kühl gestellt! Abendessen gibt es dann wie üblich um sieben!"

Marko stürzte sich erleichtert auf das Baguette mit den Salatblättern, den Tomaten- und Zwiebelscheiben und der dicken Lage Schinken dazwischen, das er hinter den Orangina-Flaschen glatt übersehen hatte. Das knusprige Weißbrot knirschte lautstark beim Hineinbeißen, aber er hörte trotzdem, dass Jennifer Andrea noch weiter nach Paolo ausfragte. Echt nervig, dieses Interesse seiner Schwester für den unpünktlichen Rennfahrer. Hatte sie kein anderes Thema? Paolo langweilte ihn mit vollem Magen ebenso wie mit leerem.

„Ich gehe Batterien kaufen", verkündete er mit dem letzten Bissen im Mund und verschwand, ehe ihn Andrea oder Jennifer aufhalten konnten.

TRAUMSCHIFF MIT MACKEN

„Wow!“ Unwillkürlich wiederholte Marko den bewundernden Ausruf seiner Schwester.

Ein weiter Sandstrand säumte die riesige Bucht der Ferienanlage, die sich zwischen rötlichen Felsklippen rechts und dichtem Wald links ausdehnte. Hinter Markos Rücken verschwanden die naturfarbenen Bungalows mit ihren Strohdächern unter alten Kiefern, breiten Schirmpinien und knorrigen Laubbäumen, die stachelige rote Kugelfrüchte trugen. Weiß getupfte Zistrosenbüsche, Rosmarinkissen und blühender Oleander säumten die Wege, und wucherten aus den Terrakotta-Töpfen der Strandbar.

Der lange Bootssteg befand sich nah an der Felsküste und reichte gut dreißig Meter über das flache Wasser hinaus, bevor es tiefer wurde. Marko sah vereinzelt Schlauchboote, kleinere Motoryachten und Segelschiffe, die zu beiden Seiten ankerten. Wesentlich mehr Boote und Surfer befanden sich auf dem Wasser, und tupften die türkisfarbene Fläche mit bunten Segeln.

Fasziniert vergaß er seine Batterien und schlenderte bis zum Ende des Anlegesteges. Hinter den Ausflugs- und Wasserskibooten des Clubs lag eine schneeweiße, dicke Millionärsyacht vor Anker. Viele Meter lang sah sie wie ein weißer Riese aus, der sich zwischen bunten Zwergen verirrt hatte.

Marko betrachtete neugierig die Aufbauten der Radaranlage, die dunkel getönten Scheiben und die dick gepolsterten Sonnenliegen im Heck. Nichts gegen die Club-Bungalows, aber wer machte unter einem Strohdach Urlaub, wenn er auf dem eigenen Boot im Luxus schwimmen konnte?

Kap Kalliste stand in goldenen Buchstaben auf dem schnittigen Bug. Neben dem französischen Wimpel und einer deutschen Flagge wehte ein weißes Fähnchen mit dem schwarzen Korsenkopf an der Bugbespannung. Welches der drei verriet nun die Nationalität des Besitzers? Wie reich musste man sein, um auf einem Traumschiff dieser Sorte zu reisen? Marko stellte sich diese Frage gleich doppelt, als er auf dem Tisch neben den Sonnenliegen auch noch zwei superflache Laptops liegen sah, die er als Computerfan sofort als das Neueste und Teuerste auf dem Markt erkannte.

„... no Problem!“, hörte er in diesem Moment durch die offene Glasschiebetür des Hecks eine bekannte Stimme. „Ich kann Ihnen sicher helfen! Den Motor, den ich nicht bringe wieder zum Laufen, gibt es nicht!“

Paolo! Er kam mit zwei Männern aus der großen Kabine und fuchtelte zur Bestätigung seiner Behauptung mit den Händen in der Luft herum. Anscheinend litt er nicht unter Minderwertigkeitskomplexen. Marko verzog das Gesicht und konzentrierte seine Aufmerksamkeit auf die Bootsbesitzer.

Komische Typen. Nicht die Sorte von Club-Urlauber denen man normalerweise in *Club Paradiso* Ferienzentren begegnete. Sie trugen weiße Hosen mit messerscharfen Bügelfalten und bonbonfarbene, halb offene Seidenhemden. Bei einem glitzerten die Goldketten auf den Brusthaaren mit den dunklen, gegelten Locken auf dem Kopf um die Wette.

„Hey, du! Was gaffst du da? Verzieh dich!“

Marko sah unwillkürlich über seine Schulter. Niemand da. Meinte der Blonde, der im Gegensatz zu seinem Gelfreund einen Corcodile-Dundee-Lederhut mit breiter Krempe trug, ihn mit der unfreundlichen Aufforderung?

„Hey, Junge! Mach dich vom Acker!“

Marko mimte den Schwerhörigen. Erstens war das ja wohl ein Steg für alle und zweitens schlug der Blonde genau jene Art von autoritärem Kommandoton an, den er nicht ausstehen konnte.

„Ich gehe mit unserem korsischen Freund nach den Ersatzteilen sehen", hörte er den mit den Goldkettchen sagen. „Wir treffen uns später in der Strandbar!"

Alle drei kamen über die Gangway herab. Während Paolo und sein Begleiter ziemlich schnell an Land schritten, kam der Lederhutmann auf Marko zu.

„Bist du taub?"

„Nicht dass ich wüsste!", sagte Marko knapp.

„Und warum lungerst du dann immer noch hier herum?"

„Ich wüsste nicht, was Sie das angeht!", konterte Marko ebenso pampig.

„He, he, mal langsam, Freundchen! Das ist ein Bootssteg und kein Kinderspielplatz, kapiert?!"

„Es ist auf jeden Fall der Steg vom *Club Paradiso* und nicht Ihr Privatbesitz. Ich bin Feriengast und habe das Recht diesen Pier zu benutzen. Sie auch?"

„Kleiner Schlauberger, was?"

„Was man von Ihnen nicht behaupten kann", entgegnete Marko wütend.

„Da soll doch ... unverschämter Bengel!"

Marko grinste in sich hinein und stichelte weiter. „Also, wenn ich so ein Boot besitzen würde und es hätte einen Maschinenschaden, ich würde keinen Korsen, der sonst Kühlschränke und Lautsprecher repariert, an meine hoch gezüchtete Maschine lassen!"

Es ging Marko weniger darum, Paolo schlecht zu machen, als den Blonden ein bisschen zu ärgern.

„Du meinst, der Junge hat keine Ahnung von Bootsmotoren?"

„Kann ich nicht sagen", blieb Marko trotz allem bei der Wahrheit. „Aber wenn er wirklich so ein Ass wäre, würde er in einer richtigen Werkstatt die große Kohle machen, statt im *Club Paradiso* den Fuzzi fürs Grobe zu spielen."

„Das lass mal unsere Sorge sein!", schnauzte der Blonde zurück. „Geh zu deinen Freunden spielen! Wir mögen hier keine neugierigen Kids!"

Blödmann! Marko musste sich beherrschen, damit er es nicht laut sagte. Nur der Gedanke an Andrea hielt ihn zurück. Falls sich diese Doppelnull über ihn beschwerte, bekam sie womöglich Ärger. Vielleicht war die Knalltype Aktionär beim *Club Paradiso.* Das Traumschiff sah auf jeden Fall nach einem dicken Bankkonto aus.

Die Batterien fielen ihm ein, und er machte sich auf die Suche nach dem Shop. Es war ohnehin nicht seine Art, sich mit so einem Typen anzulegen. Auch die schönste Yacht und der tollste Computer konnten gegen so viel Arroganz nicht konkurrieren.

„Wo hast du gesteckt? Wusstest du, dass die hier eine Pferderanch haben?" Jennifer fing ihren Bruder kurz danach am Hauptweg ab. „Im Sonnenuntergang an der Küste entlangreiten, das hat was, findest du nicht?"

„Du bist an der Ostküste! Hat sich was mit Sonnenuntergang, der findet im Westen statt!"

„Spielverderber! Was ist los, hast du noch immer keinen Saft für deinen Walkman? He, ... was soll das?"

Jennifer sprang zur Seite, damit sie nicht umgerannt wurde. Marko erkannte den mürrischen Typ mit dem Lederhut von der *Kap Kalliste*. Er war offensichtlich unterwegs zu seiner Verabredung in der Strandbar.

„So ein Knallkopf!", ereiferte sich Jennifer. „Ist der blind?"

„Nö, bloß doof!" Marko machte eine eindeutige Bewegung zur Stirn. „Der ist von der Yacht am Steg da vorne. Die gehört zwei Deutschen. Komische Heinis. Sie haben deinen speziellen Freund Paolo angeheuert, damit er ihr Traumschiff wieder flott macht, weil der Motor streikt."

„Wenn das mal stimmt", zweifelte Jennifer. „Vielleicht wollen sie bloß einen billigen Anlegeplatz für ein paar Nächte. Normalerweise dürfen hier zwar nur Clubgäste ankern, aber bei Booten mit Motorschaden müssen sie eine Ausnahme machen."

„Die sehen nach so viel Kohle aus, dass sie sich einen ganzen Hafen kaufen könnten", tat Marko die Idee ab. „Lass uns in der Strandbar was trinken!"

„Und deine Batterien?"

„Die können warten!"

„Ach ja?" Jennifer kniff die Augen zusammen. „Kann es sein, dass du was im Schilde führst?"

Sie erhielt keine Antwort, aber sie dachte sich ihren Teil, als Marko sie mitsamt ihrem eisgekühlten Fruchtsaft an den Tresen lotste, wo der Mann mit dem Lederhut eben neben einem anderen Platz nahm, der ein pinkfarbenes Seidenhemd trug. Schon beim Anblick dieser Farbe bekam sie Zahnschmerzen. Doch die Goldkettchen und Gelhaare übertrumpften diese Geschmacklosigkeit noch um Längen.

In einer Gruppe von englisch radebrechenden Teenies fielen die Geschwister nicht weiter auf. Vermutlich machten sich die beiden Männer deswegen auch nicht die Mühe, ihre Stimmen zu dämpfen. Jennifer und Marko bekamen immer wieder einzelne Sätze ihres Gespräches mit.

„Dieser Paolo ist sauber", berichtete der Pinkfarbene, nachdem er sein Bierglas in einem Zug geleert hatte. „Er behauptet, er könne die Yacht bis Sonnenuntergang wieder flott machen. Sie sehen es hier nicht gerne, wenn fremde Boote über Nacht am Steg liegen bleiben."

„Du musst es wissen. Schließlich ist das Ganze dein Plan. Was ich so gehört habe, ist der Kerl übrigens eher Heimwerker als Mechaniker ..."

„Das trifft sich doch hervorragend. Oder hast du eine andere Idee, mit der wir auf die Schnelle unsere Geldsorgen loswerden?"

„Das nicht, aber ..."

Im einsetzenden Gekreische der Horde neben ihnen, konnten Jennifer und Marko den Rest des Gesprächs nicht mehr hören. Ihre Blicke trafen sich, und wie auf Kommando tranken sie aus.

„Was sollte das?", erkundigte sich Jennifer mit einem Rippenstoß bei ihrem Bruder, sobald sie außer Hörweite waren.

„Die beiden haben irgendetwas vor, und es hat mit Paolo zu tun", murmelte Marko versonnen. „Merkst du das nicht?"

„Du spinnst!", rief Jennifer empört. „Was kümmern dich die beiden Kerle? Außer dass sie natürlich einen ätzenden Geschmack in Sachen Klamotten haben, können sie uns wirklich egal sein!"

Marko kickte ein Kieselsteinchen davon und entdeckte bei der Gelegenheit wieder den Ölfleck auf seiner Hose. „Und wie erklärst du es dir, dass ausgerechnet dein korsischer Freund Paolo ihnen aus irgendwelchen Geldsorgen helfen soll? Nach Reichtümern sieht er nicht aus!"

„Vielleicht druckt er Geldscheine für sie?", witzelte Jennifer. Sie wollte Marko zeigen, wie lächerlich sein Verdacht war.

„Äußerst komisch!", knurrte er.

„Was hast du nur gegen Paolo? Er ist nett, hilfsbereit und ..."

„... ein unpünktlicher Sprücheklopfer, der es nicht mal für nötig hält, sich dafür zu entschuldigen, dass er uns stundenlang warten lässt!", vervollständigte Marko Jennifers Satz. „Wer weiß, was für krumme Dinger er mit diesen Typen dreht!"

Jennifer blickte genervt in den blauen Korsikahimmel. „Was hätte er machen sollen, um von dir den Preis des nettesten Korsen zu kriegen? Vor uns im Staub kriechen? Er ist Clubangestellter und nicht dein Privatsklave!"

„Den Job wird er bald los sein, wenn wir ihm nachweisen, dass er mit dem Öligen und dem Lederhut unter einer Decke steckt!"

„Jetzt hör aber auf!" Jennifer stemmte ihre Hände in die Hüften und blieb zwischen den Oleanderbüschen stehen. „Für Paolo lege ich meine Hand ins Feuer!"

„Und verbrennst sie dir!"

„Sturkopf! Du weißt ja nicht einmal was du ihm vorwerfen sollst!"

„Das lässt sich einfach herausfinden. Wir müssen nur die Yacht im Auge behalten!"

„Lieber Gott bewahre mich vor durchgeknallten Brüdern!", ächzte Jennifer. „Ich wollte hier Ferien machen und nicht schon wieder Detektiv spielen!"

Marko schwieg. So lange bis Jennifer nachgab. „Na gut, aber nur weil du auf die Weise am schnellsten merkst, dass Paolo echt nett ist!"

„*Salut!* Wie war euer Nachmittag?"

Andrea ließ sich neben Jennifer auf einen Stuhl fallen und lachte Marko an, der eben darüber nachdachte, ob er sich eine dritte Portion des gigantischen Nachtisches holen sollte. Das Abendessen hatte ihn endgültig mit dem *Club Paradiso* auf Korsika versöhnt.

„Diese Schaumbällchen in der Karamellsoße müssen wir unbedingt auch zu Hause mal machen!“, sagte er und kratzte auch das letzte Restchen aus der Glasschale.

„Du meinst die *île flottante*?“, lachte Andrea. „Warte lieber ab, bis du das erste *mystère* gegessen hast!“

„Und was ist dieses Mysterium?“, wollte Jennifer wissen.

„So eine Art gefüllte Pyramide aus Nuss- und Vanilleeis in knuspriges Krokant gehüllt!“, verriet ihre Tante.

„Sieht aus, als würden wir hier dick und rund!“, lachte Marko.

„Besonders wenn wir den ganzen Nachmittag bloß am Strand hängen“, meldete sich Jennifer, die viel lieber zum Fotografieren losgezogen wäre. Ewig auf ein Schiff zu starren, das einfach nur am Steg lag und dessen Besatzung sich ausschließlich unter Deck befand, hatte sich als gähnend langweilig erwiesen.

„Meldet euch doch morgen nach dem Frühstück bei den *Seeteufeln*!“, schlug Andrea vor. „Übrigens, hat einer von euch Paolo gesehen? Ich brauche ihn ganz dringend, er wollte sich um die Lautsprecheranlage für die Karaoke-Party kümmern, die ab zehn in der Strandbar steigt."

„Mal wieder unpünktlich, was?" Marko fühlte sich in seiner Meinung über den Korsen bestätigt.

„Soweit ich weiß, hat er den Leuten von der *Kap Kalliste* geholfen, ihren Motor zu reparieren", sagte Jennifer und warf ihm einen Blick Marke Kriegdich-wieder-ein zu. „Vielleicht ist er noch auf dem Boot!"

„Die weiße Yacht am Steg?" Andrea schüttelte den Kopf. „Die macht eben die Leinen los. Ich nehme nicht an, dass Paolo eine Probefahrt mitmacht."

„Weiß man's?", murmelte Marko und beschloss, auf das dritte Dessert zu verzichten.

„Paolo lässt mich nicht im Stich", behauptete Andrea und stand wieder auf. „Tut mir Leid, ich muss weiter, irgendwo werde ich ihn schon auftreiben. Obwohl ich langsam nicht mehr weiß, wo ich noch suchen soll. Sehe ich euch dann später bei der Party? Bis dann!"

Sie verschwand um die Ecke der großen, überdachten Terrasse und sah nicht mehr, dass Marko seine Schwester reichlich unsanft am Arm packte.

„Komm schon, das muss ich sehen!"

Jennifer musste nicht fragen, was. Als sie am Pier eintrafen, hatte die *Kap Kalliste* eben abgelegt. Das satte Brummen des Schiffsmotors bewies, dass Paolo tatsächlich eine Menge von Maschinen verstand.

Die Sonne senkte sich hinter den Geschwistern auf die schroffen Felskanten des Bavella-Massivs. Ihr schwacher Schein ließ das weiße Schiff auf dem glatten blauen Wasser regelrecht aufleuchten. Man sah die Silhouette eines Mannes mit Hut im Heck, der Zweite stand vermutlich am Steuer. Und Paolo?

„Das war's dann wohl", stellte Jennifer erleichtert fest.

„Findest du?" Marko schwankte zwischen Nachgeben und Gewissheit haben wollen. „Wie wäre es mit einem kleinen Ausflug zu den Felsen hinüber? Es ist sicher noch eine Zeit lang hell ..."

„Spinnst du?" Jennifer zögerte. „Was willst du da noch beobachten?"

„Zum Beispiel in welche Richtung die Yacht abdüst und wer alles an Bord ist!", sagte ihr Bruder friedfertig. „Außerdem kannst du von dort aus den Sonnenuntergang über den Bergen am besten fotografieren!"

Das letzte Argument gab den Ausschlag. Den Fotoapparat schleppte Jennifer ohnehin ständig mit sich herum. Kurz darauf kämpften sie sich durch das niedrige Gestrüpp, das hinter der halbhohen Mauer, welche die Clubanlage umgab, eine fast undurchdringliche Barriere bildete. Vereinzelte Korkeichen und knorrige Kiefern wurzelten in dem felsigen Boden und von der roten, steinigen Erde stieg noch die Hitze des Tages auf. Der kaum sichtbare Pfad stieg sanft an und die Klippen zum Meer wurden immer steiler. Rings um sie herum zirpten die Zikaden.

Marko lief voraus, denn er trug noch immer seine langen Khakis, die ihn vor Dornen und kratzigen Zweigen schützten. Jennifer folgte etwas langsamer. Sie hielt sorgsam Abstand vom Klippenrand, denn sie war nicht ganz schwindelfrei. Sie ließ das weiße Schiff nicht aus den Augen, das jetzt einen sanften Bogen beschrieb und unterhalb einer steilen Klippe, noch in der Bucht, Anker warf.

„Die bleiben uns erhalten!“, wunderte sie sich. „Warum das denn?“

„Vielleicht hat es was mit Paolo und den Geldsorgen dieser Typen zu tun ...“

„Quatsch, siehst du Paolo irgendwo?“

„Das ist zu weit weg, wir müssten ein Fernglas ...“ Marko brach mitten im Satz ab, weil ihm eine Idee kam. „Kannst du nicht das Teleobjektiv auf die Kamera schrauben?“

Jennifer tat ihm den Gefallen. Dummerweise wurde es jetzt so schnell dämmrig, dass sie auch mit dem Teleobjektiv Mühe hatten, Genaueres zu erkennen.

„Sie lassen das Beiboot zu Wasser. Ob die an Land wollen?", wunderte sie sich. „Wenn sie sich die Füße vertreten möchten, hätten sie genauso gut am Pier bleiben können."

„Auf der *Kap Kalliste* mögen sie es anscheinend nicht, wenn man ihnen zu scharf auf die Finger schaut!", schlussfolgerte Marko. „Kannst du genauer erkennen was sie tun?"

Jennifer schüttelte den Kopf und kniff das Auge, das sie für den Kamerasucher nicht benötigte, zusammen. „Unmöglich! Erstens liegt das Beiboot jetzt auf der anderen Seite und zweitens ist es zu finster. Aber es sieht so aus, als würden sie was einladen. Ziemlich schwere Gegenstände, wenn du mich fragst ..."

Eine krakeelende Männerstimme unterbrach Jennifer. Die Geschwister fuhren mit einem leisen Aufschrei herum. Hinter ihnen zeichnete sich die bullige Silhouette eines Mannes gegen den dunkelblauen Abendhimmel ab. Sie verstanden kein Wort von dem was er schrie, aber es hörte sich sehr unfreundlich an. Zudem fuchtelte er mit einem merkwürdigen Stock vor ihren Gesichtern herum und in der ständigen Wiederholung bekam Marko endlich mit, dass immer wieder von *propriété privée*, von Privatbesitz die Rede war.

„Komm schon!" Jennifer zerrte Marko aus der Gefahrenzone des Gefuchtels. „Der ist imstande und brät uns mit seinem Stock noch eins über, bloß weil wir über sein Grundstück spazieren."

„Mensch!" Marko erstarrte, als sich das schwache Licht auf dunklem Metall spiegelte. Er keuchte vor Schreck. „Das ist kein Stock, das ist eine Flinte!"

Ohne sich groß abzusprechen, nahmen sie die Beine in die Hand und liefen. Jennifers alter Fotoapparat schlug beim Rennen hart gegen ihre Rippen und Markos ohnehin schon ruinierte Hose bekam noch einen Dornenriss ab. Als sie den Seiteneingang des Clubs erreichten, hielten sie sich keuchend die Seiten.

Unter den Bäumen war es jetzt völlig dunkel. Sie sahen kaum die Hand vor den Augen. Marko merkte nur an Jennifers hastigen Atemzügen, dass sie mit ihm Schritt gehalten hatte. Er öffnete eben den Mund, als ihn von hinten ein kräftiger Stoß traf, der ihn vorwärts taumeln und fast stürzen ließ. Gegen den Himmel sah er einen Schatten über die Mauer flanken und verschwinden. Der perfekt gelockte Kopf und das Profil waren ihm bereits vertraut.

„Paolo!", schnaufte Jennifer verblüfft. Sie hatte die Silhouette ebenfalls erkannt.

„Glaubst du mir jetzt?", erkundigte sich Marko.

Jennifer schwieg. Sie marschierte stumm neben ihrem Bruder durch das Bungalowdorf. Die Musik aus der Strandbar wies ihnen den Weg. Stimmengewirr und Gelächter übertönten beim Näherkommen das Zikadenkonzert. Die normale Clubgeräuschkulisse sorgte nach und nach dafür, dass sie ihren Schock überwand.

„Was soll ich dir glauben?", fragte sie unwillig. „Dass dir die Hitze auf Korsika nicht bekommt?"

„Komm schon, du hast doch auch gesehen, dass das Paolo war! Er kam aus unserer Richtung. Könnte doch sein, dass er mit dem Beiboot an Land gekommen ist."

„Und wenn? Ist Beiboot fahren auf Korsika strafbar?"

„Und wieso rennt er, als wäre der Teufel hinter ihm her?"

„Vielleicht nicht der Teufel, aber der irre Korse mit der Flinte! Wir sind schließlich auch weg wie der Blitz!"

Marko verstummte. Das klang dermaßen logisch, dass er sich albern vorkam. Hatte er sich schon so an die Abenteuer in ihren Ferien gewöhnt, dass er jetzt gewaltsam eines erfand, weil es ihm zu friedlich vorkam?

KATASTROPHE IN DER BUCHT

„Da seid ihr ja! Wo habt ihr denn gesteckt? Gab es Probleme?“

Andrea legte den Arm um Jennifers Schultern und sah Marko fragend an. Die Kratzer an Jennifers nackten Beinen und der Riss in seiner Hose waren im Scheinwerferlicht deutlich zu erkennen.

„Ich wollte den Club im Sonnenuntergang fotografieren“, erzählte Jennifer bereitwillig die halbe Wahrheit. „Wir sind auf die Halbinsel hinausgegangen, weil man von dort den schönsten Blick hat!“

„Die Halbinsel?“ Andrea legte den Kopf schief. „Die gehört nicht zu unserem Clubgelände. Lediglich die Buchten und kleinen Strände sind allgemein zugänglich, das Terrain darüber ist ...“

„Privatbesitz!“, führte Marko den Satz fort. „Das haben wir gemerkt, als so eine Art korsischer Alpöhi mit der Flinte auf uns losging!“

„Mit der Flinte?“ Andrea lachte ungläubig.

„So komisch fanden wir es eigentlich nicht", sagte Marko ein wenig beleidigt. „Wir sind ziemlich erschrocken!"

„Mein Fehler", entschuldigte sich Andrea zerknirscht. „Ich hätte euch warnen sollen. Die gesamte Halbinsel gehört einem Korsen. Monsieur Marlon Sagostini ist eine große Nummer in der Gegend. Steinreich und ganz schön sonderbar. Er legt großen Wert darauf, dass man ihn in Frieden lässt und seine Grenzen respektiert. Was die Flinte betrifft, das ist eine museumsreife Lupara, die vermutlich schon sein eigener Großvater geerbt hat. Das Ding schleppt er zur Verzierung mit sich herum, wie andere Leute einen Hut tragen! Damit wurde vermutlich in grauer Vorzeit zum letzten Mal geschossen!"

„Was bitte ist eine Lupara?" Jennifer wollte es genau wissen.

„Eine sizilianische Schrotflinte mit abgesägtem Lauf", erklärte Andrea knapp. „Glücklicherweise sind die Korsen langsam ausgestorben, die denken, dass ein Mann ohne eine solche Waffe kein Mann ist."

„Na prima", sagte Marko und erinnerte sich schaudernd an das Erlebnis. „Kann es sein, dass die Korsen alle einen leichten Knall haben?"

„Das siehst du zu eng!", erwiderte Andrea lachend, die nichts von Markos Vorurteilen gegen Paolo wusste. „Monsieur Sagostini ist harmlos. Du weißt doch, Hunde, die bellen, beißen nicht. Und jetzt müsst ihr mich entschuldigen, die Vorentscheidung beim Karaoke beginnt in fünf Minuten. Macht ihr mit?"

„Nö danke!" In diesem Fall waren sich Marko und Jennifer einig. „Karaoke ist nicht unser Fall! Wir machen lieber eigene Musik!"

„Also dann, bis nachher!" Andrea eilte zu ihrem Mikrofon, und die Geschwister gingen nach einem Verständigungsblick zur Bar. Nach dem Abendspurt durch die Macchia hatten sie einen jener geeisten Fruchtsaft-Cocktails nötig, die es im *Club Paradiso* für die Gäste umsonst gab.

Jennifer entschied sich für eine giftig-grüne Pfefferminz-Mixtur und Marko wählte Cassis, das sich als schwarzer Johannisbeersaft entpuppte.

„Das sieht gut aus. Wie heißt das?" Ein Mädchen mit schulterlangen, blonden Haaren beugte sich so zu Marko, dass sie Jennifer den Rücken zuwandte.

„Cassis!", gab sich Marko ganz cool. „Willst du mal probieren?"

Jennifer nippte an ihrem „Menthe-Cocktail" und nahm die Blonde unter die Lupe. Sie trug ein kurzes Top, damit der kleine Goldring in ihrem Bauchnabel gut zur Wirkung kam. Marko entdeckte es gleichzeitig mit ihr und zog das angebotene Glas augenblicklich zurück.

Jennifer tat das Mädchen fast ein wenig Leid. Es konnte schließlich nicht wissen, dass Marko schon beim Wort Piercing rot sah.

Die Blonde merkte, dass etwas falsch lief und reagierte verschnupft. „Lass mal, ich kann mir selbst was zu trinken bestellen."

„Jetzt sei nicht so", Jennifer gab ihrem Bruder einen auffordernden Rippenstoß und raunte leise: „Sie ist nett!"

Jennifer unterdrückte ein Gähnen. Der erste Tag auf Korsika war lang, aufregend und heiß gewesen. Sie sehnte sich nach einer ausgiebigen Dusche und ihrem Bett.

„Gehen wir?", fragte Marko im selben Moment und stellte sein leeres Glas zurück. „Mir ist nach Matratzenhorchdienst und Auszeit!"

Jennifer nickte und folgte ihm unter den neidischen Blicken der Blonden. Ob sie ihr morgen verraten sollte, dass sie nur die Schwester war?

Voom!

Der dumpfe Knall hallte donnergleich über die Bucht und übertönte sogar die Karaoke-Show. Alle

Köpfe drehten sich zum Meer. Marko sah, wie über dem glitzernden, nachtdunklen Meer eine riesige Stichflamme aufloderte und die rötlichen Felsen der Steilküste fast taghell beleuchtete.

„Was war das?"

Jennifer rückte ein wenig ängstlich näher an ihren Bruder.

„Die *Kap Kalliste*!", stammelte Marko verblüfft. Er hätte selbst nicht sagen können, wieso er sofort ahnte, dass es sich um die weiße Yacht handeln musste, die da unter großem Getöse in die Luft flog.

„Da brennt ein Schiff!"

„Eine Yacht ist explodiert!"

„Großer Gott, was macht man da? Gibt es eine Wasserfeuerwehr?"

„Es sind bestimmt Menschen auf dem Boot! Wir müssen sofort hinausfahren und sehen, ob wir helfen können!"

Die Partybesucher strömten an Marko und Jennifer vorbei zum Steg. Die Geschwister ließen sich vom allgemeinen Sog mitreißen. Mitten im Durcheinander hörten sie Andreas Stimme im Kommandoton: „Den Notfall-Koffer ins Motorboot! Wir brauchen die Funkgeräte!"

„Moment mal", Marko griff gerade noch nach

Andreas Handgelenk, als sie an ihm vorbeilief. „Du willst doch nicht dort hinausfahren?"

„Nein, das machen Benoît und die Jungs von der Surfschule. Die sind für den Noteinsatz im Wasser ausgebildet. Hoffen wir nur, dass sich die Leute auf dem Schiff rechtzeitig in Sicherheit bringen konnten!"

„Ich wette, dass die *Kap Kalliste* da draußen brennt", vermutete Marko.

„Woher willst du das wissen?" Andrea blieb jäh stehen und sah ihr Patenkind an. „Soweit ich weiß, hat die *Kalliste* die Bucht vor Stunden verlassen!"

„Wir haben gesehen, dass sie an der Felsküste Anker geworfen hat", bestätigte Jennifer die Vermutung ihres Bruders.

„Wisst ihr, wie viele Menschen an Bord sind?"

„Wir haben nur zwei Männer gesehen", beschränkte sich Marko auf das Wichtigste.

Andrea verzichtete auf weitere Fragen. Sie zog die Geschwister zu dem großen Motorboot des Clubs, wo gerade ein paar kräftige junge Männer die Leinen lösten und ein anderer den Motor anwarf.

Einen von ihnen hielt sie am Arm fest. „Benoît, warte mal! Marko meint, dass es auf der Yacht brennt, die heute bei uns am Steg lag. Angeblich sind nur zwei Männer an Bord!"

„Okay!" Benoît reichte Andrea eines der Funkgeräte aus dem Boot. „Übernimm du die Station an Land! Wir melden uns, sobald wir draußen etwas erkennen können."

Seine Begleiter stießen das Boot ab, und die Scheinwerfer flammten auf, während es eine schäumende weiße Heckwelle hinter sich herzog. Mit voller Power zischte es in die Nacht hinaus.

„Andrea! Was ist passiert?"

Jacques Clement, der Club-Manager, der eben erst von den Ereignissen erfahren hatte, drängte sich durch die Neugierigen zu Andrea durch. Nicht nur er hörte konzentriert zu, während sie eine Kurzfassung der Geschehnisse erzählte.

„Eine Explosion an Bord einer Yacht, so wie es aussieht. Benoît ist schon unterwegs. Wir warten mit dem Alarm bei der Gendarmerie bis er erste Informationen durchgibt."

Das Funkgerät in Andreas Hand rauschte, aber sie war im Moment zu abgelenkt, um darauf zu achten. Marko nahm es ihr ab und drückte auf die Empfangstaste. Die Verbindung war schlecht, Benoîts erste Nachricht dennoch gut verständlich.

„Wir können nicht näher heran, das ganze Boot

steht lichterloh in Flammen. Die Explosion hat die Kabine und alles andere offensichtlich mit einem Schlag in Brand gesetzt. Wer jetzt noch auf diesem Schiff ist, hat nicht den Hauch einer Chance!"

„Ach du lieber Himmel", Jacques raufte sich die Haare. „In dem Fall müssen wir die *Gendarmerie maritime* alarmieren und auch die Polizei. Wenn wir wenigstens wüssten, wie viele Leute auf dem Boot sind und wo es herkommt ..."

„Die *Kap Kalliste* trug einen deutschen, einen französischen und einen korsischen Wimpel, als sie heute Nachmittag hier am Steg lag", beantwortete Marko die Fragen des Club-Managers. „Zwei Männer waren an Bord, Deutsche. Der Sprache nach irgendwo aus Norddeutschland ..."

„Na du bist ja bestens informiert", wunderte sich Jacques und wandte sich an Andrea. „Das ist dann vermutlich das Boot mit dem Motorschaden. Hoffentlich gibt das keinen Ärger. Wollte nicht Paolo den Bootseignern bei der Reparatur helfen?"

„Anscheinend vergeblich", sagte Marko so trocken, dass ihn die Erwachsenen für einen Moment sprachlos anstarrten.

Ehe jemand die Bemerkung kommentieren konnte, meldete sich das Funksprechgerät wieder.

„... haben zwei Männer an Bord genommen.

Schiffbrüchige von der *Kap Kalliste.* Kleinere Brandwunden, keine größeren Verletzungen. Abschleppen des Wracks auf das offene Meer nicht möglich, da wir keinen Zugang zur Ankerkette bekommen. Die Eigner sind schwer zu überzeugen, dass nichts mehr zu retten ist!"

„Die können von Glück sagen, dass der Wind aus Westen kommt", hörte Marko den Club-Manager murmeln. Er warf Andrea einen fragenden Blick zu.

„Das bedeutet, der Funkenflug geht in Richtung Meer. Ablandiger Wind. Gefährlich für ungeübte Surfer und Segler, aber ein Glück für den Club und seine Bewohner. Im umgekehrten Fall hätten wir vermutlich Alarmstufe eins und Monsieur Sagostini müsste um seine Villa auf der Halbinsel fürchten", erklärte sie.

„Und was passiert jetzt?", erkundigte sich Jennifer neugierig. Die Antwort auf diese Frage interessierte nicht nur sie.

„Das Feuer wird so lange toben, bis ihm die Nahrung ausgeht oder das Schiff sinkt!", erklärte der Club-Manager. „Benoît bringt die Eigner oder Passagiere an Land und notfalls zur Ambulanz, wenn ihre Verletzungen das erforderlich machen. Alles andere ist morgen Sache der Polizei!"

Leiser wandte er sich an Andrea. „Vielleicht kannst du die Karaoke-Party noch einmal in Schwung bringen. Es wäre mir nicht recht, wenn die Angelegenheit den Leuten die Ferienstimmung verdirbt. Macht sich schlecht für unseren Club! Schließlich scheinen keine Menschen zu Schaden gekommen zu sein und der Club hat nichts mit diesem Schiff zu tun!"

Die geschäftsmäßige Tüchtigkeit, mit der Jacques an seine Clubgäste dachte, verblüffte Marko. Trotzdem sah er natürlich ein, dass dem Manager seine Gäste wichtiger sein mussten als eine fremde Yacht, die bei einem Brand in Flammen aufging. Schließlich hatten die Touristen für ihren Urlaub eine Menge Geld bezahlt.

„Du kannst dich auf mich verlassen", nickte Andrea. Sie warf Marko und Jennifer einen Blick zu. „Ihr seht aus, als könntet ihr eine Mütze voll Schlaf vertragen!"

„Die nehmen wir!", nickten die Geschwister und fügten einen Gute-Nacht-Gruß hinzu. Sie wollten gerade gehen, als das große Motorboot an den Pier tuckerte. Benoît half den beiden Schiffbrüchigen aus dem Boot. Im Schein der Laternen klebten ihre Seidenhemden klatschnass und schmutzig an ihren mageren Oberkörpern. Der Typ mit den Gelhaaren glich einem nassen Pudel. Sie verschwanden im Kreis der Neugierigen, die sich sofort sensationsgierig um sie ringten.

Seltsamerweise hatten weder Marko noch Jennifer Lust, ihre Version der Geschichte zu hören. Sie beobachteten den Menschenansturm am Steg ohne sich zu rühren.

„Sieh mal, dort ist Paolo!", murmelte Jennifer und deutete auf den jungen Korsen der das Boot am Steg sicher vertäute, ehe er beim Entladen der Ausrüstung half.

„Wo der so plötzlich herkommt", wunderte sich Marko. „Hast du gesehen ob er mit auf dem Wasser war?"

„Habe ich nicht und ist mir auch piepegal!", entgegnete seine Schwester gähnend. „Ich bin total am Ende!"

Marko zögerte, aber dann folgte er Jennifer. Die vielen Fragen, die durch seinen Kopf schossen, hatten Zeit bis morgen früh.

EIN BÖSER VERDACHT

„Wach auf, du Faulpelz!“ Marko schüttelte seine Schwester, von der nur noch ein paar blonde Locken unter der Bettdecke zu sehen waren.

„Uuuah, was ist los? Brennt schon wieder ein Kahn?“ Jennifer mochte noch so tief schlafen, sobald sie halbwach war, funktionierte auch ihr Kopf.

„Ich habe einen Mordshunger und keine Lust, ein total abgeräumtes Frühstücksbüffet vorzufinden!“, entgegnete Marko, der schon in Shirt und knielangen Schlabberhosen unterwegs war. „Außerdem ist um zehn das *Seeteufel*-Treffen!“

Letzteres fügte Marko nur der Ordnung halber hinzu. Ihm war schon jetzt klar, dass es an diesem Tag Wichtigeres zu tun geben würde, als Wasserskifahren zu lernen oder Surfstunden zu nehmen.

„Und wie spät ist es?“, ächzte Jennifer. „Kurz vor Sonnenaufgang?“

„Kurz nach acht, Pennerliese!“, informierte sie Marko und zog ihr die Bettdecke weg.

Jennifers Aufschrei mischte sich mit Andreas fröhlichem „Guten Morgen! Ist ja prima, dass ihr schon auf seid. Ich wollte euch zum Frühstück abholen!"

„Ehrlich?" Marko wunderte sich, während Jennifer im Bad verschwand. „Kein Volley- oder Basketball-Training? Kein Selbstverteidigungkurs und kein Beachball-Turnier? Was ist mit dem *Club Paradiso* auf Korsika los? Macht die Insel alle müde?"

Andrea, die als Animateurin in erster Linie für sportliche Unternehmungen zuständig war, da sie schließlich auch Sport studiert hatte, drohte ihm spielerisch mit der Faust. „Die meisten meiner Ballkünstler sind mit auf den Bavellapass gefahren. Tagesausflug mit Kletterkurs und Süßwasser-Badestop an der Solenzara! Eines unserer beliebtesten Ausflugsziele."

„Mhm", Markos Gedanken waren schon wieder woanders. „Was hast du von der *Kap Kalliste* gehört?"

„Keine Neuigkeiten", Andrea faszinierte das Thema längst nicht so wie die Geschwister. „Rund um Korsika sind in der Saison so viele Schiffe, Yachten und Boote unterwegs, dass Unfälle zur Tagesordnung gehören. Die Hobbykapitäne und Freizeitmatrosen, die sich diese Boote mieten, überschätzen leicht ihre Fähigkeiten, und die Vermieter legen die Vorschriften manchmal sehr großzügig aus. Hauptsache die Boote sind unterwegs und sorgen für volle Kassen."

„Also war die *Kap Kalliste* ein gemietetes Boot?"

„Warum interessiert dich das?"

„Es ist das erste Boot, das vor meinen Augen explodiert ist", sagte Marko bedachtsam. „Klar, dass ich gerne ein paar Einzelheiten wissen möchte."

„Die beiden geretteten Männer sind die Eigentümer", beantwortete Andrea endlich seine Frage. „Das Unglück auf der *Kap Kalliste* hat sie böse aus ihren Urlaubsträumen gerissen!"

„Was so eine Yacht wohl wert ist?"

„Wenn ich diesen Hajo und seinen Freund gestern Abend richtig verstanden habe, ist ihr Traumschiff ein Millionending."

„Ach ..." Marko erinnerte sich an das belauschte Gespräch und die Bemerkung über die Geldsorgen.

„Grässliche Angeber diese Typen", fügte Andrea ungefragt hinzu. „Wenn wir nur solche Club-Gäste hätten, würde ich auf der Stelle meinen Job aufgeben und sofort in den Schuldienst gehen."

„Lass dir bloß Zeit damit!" Jennifer kam aus dem Bad und hatte den letzten Satz gehört. „Ich finde die Ferien im *Club Paradiso* einfach klasse!"

„Wo sie Recht hat, hat sie Recht!", fügte Marko bestätigend hinzu. „Aber vielleicht sollten wir mit unserem endgültigen Urteil abwarten, bis wir das Frühstücks-Büffet getestet haben?"

Lachend verließen sie den Bungalow und gingen über den Hauptweg zum Restaurant, wo um diese Zeit der erste Frühstücksansturm bereits nachließ. Während Jennifer sich ihr Lieblingsmüsli aus den verschiedenen Schüsseln zusammenstellte, stand Marko völlig versunken vor den Obstsäften. Weniger weil er sich nicht entscheiden konnte, ob er Orangensaft oder Grapefruitsaft trinken sollte, sondern weil hinter ihm an einem großen Tisch die Ereignisse des vergangenen Abends debattiert wurden.

„Was ist los? Willst du hier festwachsen?" Jennifer stupste ihn an.

„Schscht", zischte Marko. „Hör doch ..."

„Klar werden sie sich den greifen, der zuletzt seine Finger am Motor gehabt hat", sagte eine Männerstimme. „Von selbst explodiert ein Schiff schließlich nicht!"

„Paolo?", mischte sich ein Mädchen ein und ihre Stimme klang schrill vor Aufregung. „Der würde so was nie tun!"

Marko sah über die Schulter und entdeckte das

blonde Mädchen mit dem Ring im Bauchnabel, das sich bitter bei einem braun gebrannten, rundlichen Mann und der ebenfalls ein wenig molligen Begleiterin beschwerte. „Ihr habt ja einen Knall! Denkt ihr vielleicht, dass Paolo den Motor manipuliert hat? Warum sollte er so etwas tun?"

„Recht hat sie!", zischte Jennifer in Markos Ohr. „So eine Gemeinheit! Sie stempeln Paolo zum Sündenbock, ohne den Hauch eines Beweises zu haben."

Marko entschied sich endlich für Ananassaft und trug sein Glas zusammen mit dem Rest seines Frühstücks an den Tisch, wo Andrea bereits ein knuspriges Croissant in ihren Milchkaffee tunkte.

„Was machst du für ein Gesicht?", wunderte sie sich. „Hast du deine Lieblingssorte Frühstücksflocken nicht gefunden?"

„Alles paletti", winkte Marko ab, ohne auf den Witz einzugehen. „Da waren nur ein paar Leute, die über das Schiffsunglück diskutiert haben ..."

„Gibt's heute noch ein anderes Thema?" Andrea guckte genervt. „Nicht mal über unser Seeräuber-Fest in der vergangenen Woche wurde so viel geredet, und das war wirklich eine Show!"

„Meinst du, dass Paolo Schwierigkeiten bekommen könnte, falls er den Motor tatsächlich vermurkst hat?“, erkundigte sich Jennifer mit vollem Mund.

„Paolo einen Motor vermurkst? Unmöglich!“, entgegnete Andrea bestimmt. „Der Junge ist ein Profi. Der studiert Maschinenbau und Elektrotechnik an der Uni in Paris. Er finanziert sein Studium mit der Arbeit im Club. Wenn jemand Ahnung von Motoren hat, dann er!“

Marko pfiff leise durch die Zähne. „Warum hast du das nicht gleich erzählt?“

„Ich wusste gleich, dass er kein blöder Angeber ist“, triumphierte Jennifer.

„Wir sind bisher kaum zum Reden gekommen“, meinte Andrea. „Ich habe heute extra meine Schicht getauscht, damit wir etwas zusammen unternehmen können.“

Marko war so ins Grübeln versunken, dass ihm völlig entging, dass Andrea auf Vorschläge für mögliche Unternehmungen wartete.

„Wenn Paolo tatsächlich so ein Überflieger in Sachen Technik ist“, murmelte er versonnen, „dann wird er doch keinen Fehler machen, der gleich ein ganzes Schiff in die Luft jagt. Eine Fehlzündung okay, aber keinen Super-GAU mit Totalschaden!“

Andrea versuchte ihn zu einem Themenwechsel zu überreden. „Was da in der Bucht passiert ist, war ein ganz normaler Unfall, und wenn du mich fragst, hat Paolo keine Schuld daran! Also, worauf habt ihr Lust?"

Marko häufte dick *Confiture de Myrtilles* auf sein aufgeschnittenes Baguette und biss herzhaft hinein. „Mhm, das sind ja Heidelbeeren!", rief er überrascht.

„*Mûre sauvage* kann ich dir auch empfehlen, das sind wilde Brombeeren! Speziell wenn sie zu Eis verarbeitet werden, könnte ich mich hineinsetzen!", verriet Andrea. Sie verdrehte unter allgemeinem Gelächter genüsslich die Augen. „Oh, übrigens, das dort drüben ist Miriam! Sie ist mit euch in der *Seeteufel*-Gruppe und wirklich ein nettes Mädchen. Ihre Eltern sind leidenschaftliche Surfer und lassen sie beim kleinsten Windstoß stundenlang allein. Sie freut sich bestimmt, ein paar Jugendliche in ihrem Alter kennen zu ..."

Miriam hatte Andreas Armbewegung richtig gedeutet und kam mit ihrem Teller näher.

„Setz dich doch!", lud Andrea ein. „Das sind Jennifer und Marko Heimberger, meine Patenkinder! Habt ihr euch schon kennen gelernt?"

„Hi!" Miriams Strahlen ging hauptsächlich in Richtung Marko. „Das ist ja echt ein Ding, mit der *Kap Kalliste,* findet ihr nicht auch? Vorhin ist die

Polizei hier aufgetaucht. Vier Mann hoch im Kombi, die gehen das groß an."

Marko stellte erleichtert fest, dass Miriam heute ein grünes Minikleid trug und ihr Piercing versteckte. Er entspannte sich vorsichtig. „Wo sind eigentlich die Typen vom Schiff abgeblieben?"

„Hajo Nickig und Dieter Raffner?" Andrea verzog den Mund. „Jacques hat sie in einem Apartment bei den Animateuren untergebracht, weil wir voll ausgebucht sind. Es war ihnen nicht fein genug. Sie wollten Einzelzimmer mit Telefon und Fax-Anschluss!"

„Du lieber Himmel", Jennifer schüttelte den Kopf und schnupperte an einem Blätterteigpäckchen. „Die sind ja echt ätzend. Was ist das eigentlich?"

„*Pain au chocolat*", erklärte Miriam. „Schmeckt lecker. Aber noch besser sind die Rosinenschnecken mit dem Vanillepudding dazwischen. Aber die waren heute schon alle weggeputzt! Sind das Deutsche, deren Schiff in die Luft geflogen ist?", fragte sie ohne Übergang.

„Leider!" Andrea zog eine Grimasse. „Noch dazu welche, bei denen ich mich frage, warum sie Urlaub auf einer Insel machen, an der sie nur herummäkeln!"

„Vielleicht sind sie Berufs-Mäkler", witzelte Marko und tat so, als fiele ihm nicht auf, dass ihn Miriam ständig verstohlen beobachtete.

„Andrea! Gut dass ich dich erwische, du musst mir helfen, es gibt Schwierigkeiten!"

Marko fand, dass Jacques, der Club-Manager, für den frühen Vormittag schon reichlich gestresst aussah. Seine nächsten Worte bestätigten diese Vermutung: „Hast du Paolo irgendwo gesehen? Die Polizei will mit ihm sprechen. Sie warten in meinem Büro auf ihn, zusammen mit den Männern von der *Kap Kalliste.*"

„Soweit ich weiß, ist Paolo bei den Vorbereitungen für die Pool-Olympiade eingeteilt", entgegnete Andrea, die den Arbeitsplan meistens komplett im Kopf hatte. „Was will denn die Polizei überhaupt von ihm?"

„Wenn du mich fragst, wollen ihm die beiden Schiffseigner die Schuld für die Explosion in die Schuhe schieben", sagte Jacques entrüstet. „Ich frage mich nur, warum dieser Kahn ausgerechnet in unserer Bucht explodieren musste? Es gibt doch jede Menge andere Küsten zur Auswahl. Santa Manza zum Beispiel oder Santa Giulia wären auch groß genug dafür gewesen. Ganz zu schweigen vom Golfo di Sogno, da wäre der Polizeiposten von Porto Vecchio gleich um die Ecke!"

„Ich bin sicher, das nächste Schiffs-Feuerwerk findet genau nach deinen Vorstellungen statt, wenn du es rechtzeitig beim *Syndicat d'initiative* anmeldest", schmunzelte Andrea. „Aber wie soll ich dir helfen?"

„Könntest du den Polizisten als Dolmetscher behilflich sein? Ich möchte nicht, dass es Missverständnisse zwischen den beiden Deutschen und Paolo gibt. Es scheint, dass es auf jedes Wort ankommt, und du sprichst von allen das korrekteste Französisch!"

„Danke für die Blumen!" Andrea zog eine Grimasse. „Dir ist schon klar, dass ich extra meine Schicht getauscht habe, um heute für Marko und Jennifer da zu sein?"

„Du bekommst eine komplette Freischicht als Ersatz!" Jacques machte eine flehende Geste mit den Händen und legte sein Gesicht in so komische Dackelfalten, dass Jennifer und Miriam leise kicherten.

Andrea aß ihr Croissant auf und erhob sich. „Ich habe Zeugen für dieses Versprechen, vergiss das nicht!"

„He, warte! Ich komme mit!" Marko ließ sein Frühstück stehen und stand auf. Auch Jennifer und Miriam zögerten keine Sekunde, dasselbe zu tun.

Keiner sagte etwas dazu, dass sich Miriam ganz selbstverständlich anschloss.

„Ihr müsst aber draußen warten!", verlangte Andrea.

„Machen wir!", versprach das Trio.

„Was ist eigentlich dieses Syndicat Bumsdings?", wollte Jennifer noch wissen.

„Schlicht und ergreifend der Fremdenverkehrsverein", rief ihr Andrea über die Schulter zu und verschwand im Verwaltungsbungalow.

„Eine Sprache mit Sound, dieses Französisch", murmelte Jennifer und niemand bestritt es.

Sie saßen einträchtig nebeneinander auf der halbhohen Mauer, die die große Terrasse des Restaurants umgab, als sich die Tür wieder öffnete. Zwei Polizisten hatten Paolo in die Mitte genommen und schoben ihn energisch in das Polizeiauto.

„He, was machen die da?" Jennifer schrie leise auf.

„Siehst du doch", sagte Marko knapp. „Sie nehmen Paolo mit auf die Polizeistation."

„Du meinst sie verhaften ihn?"

„Nein!" Andrea trat zu ihnen. „Erst einmal nehmen sie ihn zu einem ausführlichen Verhör nach Bonifacio mit. Die Verdachtsmomente sind leider groß genug dafür."

„Verflixt!" Marko gehörte zwar nicht zu Paolos Fanklub, aber er hatte das sichere Gefühl, dass hier der falsche Mann abgeführt wurde. „Kennen sie denn wenigstens die genaue Ursache der Explosion?"

„Der technische Bericht wird von einer Spezialabteilung der *Gendarmerie maritime* angefertigt", erklärte Andrea bedrückt. „Hajo und Dieter behaupten jedoch, dass im Maschinenraum irgendetwas in die Luft geflogen sei und sie ihr Leben nur durch einen Sprung ins Wasser retten konnten."

Sie ließ die Augen nicht von dem dunkelblauen Kombi, der jetzt rückwärts in den Hauptweg einbog, ehe er im Schritttempo zum Ausgang rollte. „Wenn ich bloß wüsste, wie wir Paolo helfen können. Es sieht ganz danach aus, als sollte ihm die Schuld in die Schuhe geschoben werden. Könnt ihr euch vorstellen, was das für ihn bedeutet?"

„Ärger ...", vermutete Miriam vorsichtig.

„Mehr als das. Es kann sogar sein, dass er der Versicherung für den Schaden haftet. Wie soll er jemals solche Summen aufbringen? Er hat kaum genug Geld um sein Studium zu bezahlen! Seine Eltern leben in Bastia. Der Vater ist Hafenarbeiter, da sammelt man keine Reichtümer."

Hinter Andrea traten nun Hajo und Dieter aus

dem Haus. Sie trugen *Club Paradiso*-T-Shirts und Jeans. Ihre Seidenhemden und Designerhosen waren mit der *Kap Kalliste* ebenso verbrannt, wie die Geltube und der Lederhut. Jetzt hätten sie wie die anderen Clubtouristen ausgesehen, wären da nicht die arrogant verzogenen Lippen und das betont autoritäre Gehabe gewesen. Sie fühlten sich im Recht, man sah es ihnen auf fünf Meter Entfernung an.

„Besonders traurig über den Verlust ihrer Lieblingsyacht wirken die beiden Typen ja nicht!" Marko machte sich seine eigenen Gedanken über das Benehmen der beiden.

„Warum sollten sie?", warf Miriam ein. „Wenn das Ganze ein Maschinenschaden war, muss die Versicherung löhnen. Bis zum letzten Seidenhemd."

„Woher willst du das wissen?", fragte Jennifer.

„Mein Vater arbeitet in einer Versicherungsgesellschaft", sagte Miriam. „Was denkst du, was die jeden Sommer für Schäden und Diebstähle gemeldet bekommen, die im Urlaub passiert sind? Wenn es einen offiziellen Bericht der Polizei gibt und die Eigner die Explosion nicht verschuldet haben, muss die Versicherung zahlen."

Marko sah sie versonnen an. Zum ersten Mal dachte er dabei nicht an ihren durchlöcherten

Die Karte kannst du heraustrennen, ohne dass das Buch beschädigt wird.

Liebe Leserin, lieber Leser dieses SchneiderBuchs,

deine Meinung ist uns wichtig, deshalb machen wir diese Umfrage und hoffen, dass wir möglichst viele ausgefüllte Karten zurückbekommen. Und wir würden uns auch freuen, wenn du uns deine Telefonnummer angibst, damit wir dich mal wieder etwas fragen können.

Damit sich das Mitmachen auch für dich lohnt, verlosen wir unter allen Einsendern, die bis 30.6.2001 ihre ausgefüllte Karte an uns schicken, 33 SchneiderBuch-Pakete im Wert von je DM 50,–. Der Rechtsweg ist ausgeschlossen.

Vielen Dank für deine Mithilfe. **Dein Egmont Franz Schneider Verlag**

Das Buch heißt:

____

und hat die Artikel-Nr. (ISBN – steht auf der Rückseite des Buches)

3-505-_ _ _ _ _-_

Wie hat dir das Buch gefallen?

- ☐ *ganz toll*
- ☐ *gut*
- ☐ *mittelmäßig*
- ☐ *nicht besonders*
- ☐ *gar nicht*

Wie bist du auf dieses Buch aufmerksam geworden?

- ☐ *durch Freunde*
- ☐ *durch meine Familie*
- ☐ *durch Anzeigen*
- ☐ *in der Bibliothek*
- ☐ *durch einen Prospekt*
- ☐ *in einem Geschäft*
- ☐ *zufällig*
- ☐ *durch andere Bände dieser Serie/Reihe*
- ☐ ______________________

Ich habe das Buch …

- ☐ *… mir gewünscht und geschenkt bekommen*
- ☐ *… einfach so bekommen*
- ☐ *… selbst gekauft, und zwar*
  - ☐ *in der Buchhandlung*
  - ☐ *im Kaufhaus*
  - ☐ *im Supermarkt*
  - ☐ *im Spielwarengeschäft*
  - ☐ *im Schreibwarengeschäft*
  - ☐ ______________________

- ☐ *Ja, ihr könnt mich wieder mal was fragen.*
- ☐ *Nein, meine Adresse soll nicht aufgehoben werden.*

Absender:

____
Vorname/Name

____
Straße

____
PLZ/Ort

______________ / ______________
Tel.-Nr. (mit Vorwahl)

*Geburtsdatum*____________ */Alter*__________

Bitte
ausreichend
frankieren.

Egmont
Franz Schneider Verlag
Stichwort „Meine Meinung
Herbst 2000“
Postfach 46 07 25

80915 München

Schneider
Buch

Bauchnabel, sondern hörte ihr genau zu. „Du meinst, das Unglück könnte sich am Ende für Hajo Gelkopf und Dieter Lederhut in jeder Menge Kohle auszahlen?"

„Darauf darfst du wetten", nickte Miriam. Sie sonnte sich in seiner Aufmerksamkeit. „Vermutlich werden sie den guten Zustand des Schiffes in den buntesten Farben ausmalen. Die Versicherung müsste Taucher und Spezialisten losschicken, wenn sie berechtigte Zweifel daran hat. Das alles in einem Schiffswrack nachzuprüfen, das ohnehin zehn Meter unter der Wasseroberfläche liegt, ist ziemlich kostspielig! Bei der Firma meines Vaters wird in solchen Fällen Aufwand gegen Nutzen abgewogen und bezahlt!"

„Gesetzt den Fall, die hätten eine alte Kiste nur auf Hochglanz poliert ...", spekulierte Jennifer.

„Nein, du vergisst die Schiffspapiere", warf Marko ein. „Außerdem sah die *Kap Kalliste* schon toll aus. Brandneu und vom Feinsten, so viel kannst du gar nicht polieren. Du hast sie doch selbst gesehen!"

„Was hat Paolo eigentlich ausgesagt?" Marko kam in seiner logischen Art wieder zum Ausgangspunkt zurück.

„Wenig!" Andrea zuckte mit den Schultern. „Angeblich hat er nur die Ölzufuhr des Motors geprüft und irgendwelche Ventilklappen richtig eingestellt. Er kann sich nicht erklären, wie das Unglück geschehen ist. Seiner Meinung nach kann der Motor nicht explodiert sein. Er denkt, dass das Unglück eine ganz andere Ursache haben muss. Die Polizei denkt das dummerweise nicht!"

„Dabei könnte er doch durchaus Recht haben", sagte Marko vorsichtig. Niemand widersprach ihm.

GESPANNTE HARPUNEN

„Das Beiboot!“

Marko murmelte die Worte so gedankenverloren, dass nur Jennifer aufmerksam wurde. Andrea und Miriam waren ganz darin vertieft, Pläne für Paolos Rettung zu schmieden. Sie hatten es sich unter einem Sonnenschirm am Strand gemütlich gemacht. Allen war die Lust auf einen Ausflug vergangen.

„Gestern Abend“, nickte sie und spann die Idee weiter fort. „Weshalb ankern sie nach wenigen hundert Metern schon wieder und machen das Beiboot klar?“

„Du hast gesehen, dass sie schwere Gegenstände geschleppt haben“, fügte Marko hinzu. „Nach Picknickkoffer und Badezeug sah es nicht aus.“

Andrea und Miriam brachen ihre Diskussion ab und hörten verblüfft zu.

„Hältst du es für möglich, dass sie etwas in Sicherheit bringen wollten, ehe die *Kap Kalliste* in die

Luft geht?", flüsterte Jennifer so leise, als wäre diese Vermutung zu ungeheuerlich um sie laut auszusprechen.

„Warum nicht? Die Laptops zum Beispiel, waren vom Feinsten. Außerdem steckt in so einem Boot eine Menge technisches Zeug. Radar, Funkanlage, Navigationsgeräte. Alles schweineteuer und vermutlich einfach auszubauen", stimmte Marko ihr zu.

„Versicherungsbetrug, das ist es!", quietschte Miriam, die als Tochter eines Fachmannes sofort die Zusammenhänge erkannte.

„Fragt sich nur, wo sie die Sachen gelassen haben!" Marko schob seine Sonnenbrille in die Stirn. „Teure Elektronik muss gut verpackt und trocken gelagert werden. Die können sie nicht einfach in die Macchia werfen! Sie benötigen ein trockenes und möglichst schattiges Versteck dafür!"

„Jetzt mach aber mal halblang!", mischte sich Andrea ein. „Die beiden Hobbykapitäne sind nicht gerade die Typen, die ich zum Nachbarn des Jahres wählen würde, aber deswegen kannst du sie trotzdem nicht ohne jeden Beweis zu Versicherungsbetrügern abstempeln!"

„Es klingt aber echt logisch", unterstützte Miriam Marko. „Sie haben alles fortgebracht, was sie transportieren konnten und den Rest in die Luft gejagt. Auf die Weise kassieren sie die Versicherungssumme und das Geld für den Verkauf der vorher ausgebauten Elektronik. Ganz schön clever."

„Ganz schön kriminell, trifft es eher", seufzte Andrea. „Aber nur falls ihr Recht habt."

„Man müsste herausfinden, wohin die beiden mit ihrem Beiboot gefahren sind." Marko versuchte sich von Miriams Bewunderung nicht beeindrucken zu lassen, aber ein wenig geschmeichelt fühlte er sich doch.

„Und ob Paolo zu dieser Zeit mit auf der Yacht war", erinnerte ihn Jennifer leise. Wenn sie Paolo helfen wollten, mussten sie jeden Zweifel ausräumen.

„Davon kann keine Rede sein!", platzte Miriam dazwischen. „Mein Vater hatte Probleme mit seinem Handy und Paolo hat ihm geholfen. Er war bei meinem Dad, als die *Kap Kalliste* ablegte! Ich weiß es, denn sie haben noch über die Yacht gesprochen."

„Dann seid ihr sein Alibi", nickte Marko zufrieden. „Jetzt müssen wir eigentlich nur noch herausfinden, wo die Kerle ihre Beute versteckt haben."

„Im Grunde kommt nur der Felsabschnitt der

Küste in Frage", antwortete Andrea ein wenig zögernd. Sie wollte die abenteuerlichen Vermutungen der Geschwister zwar nicht überflüssig anheizen, aber wenn es eine Möglichkeit gab, Paolo zu helfen, dann musste man sie nutzen. „Die Felsen sind so zerklüftet, dass immer wieder winzige Buchten und kleine, wenige Meter breite Sandstrände oder Aushöhlungen entstanden sind. Man sieht sie nur vom Wasser aus. Manche reichen gerade für einen Taucher, um ein wenig zu rasten, ehe er weiterschnorchelt. Die Küste ist das reinste Paradies für Unterwassersportler. Wir wollten die eine oder andere Bucht schon für Feste nutzen, aber Jacques befürchtet Ärger mit dem alten Sagostini, obwohl der Strand nach französischem Gesetz für alle zugänglich sein muss."

„Also der ideale Ort, um ein paar Tage lang etwas zu verstecken!", stellte Marko fest.

„Salut, Andrea!"

Ein junges Mädchen, das seine Stoffschuhe in der Hand hielt und die wilden schwarzen Locken mit einem gelben Band gebändigt hatte, stürzte auf Andrea zu. Sie begann in schnellem Französisch auf die junge Animateurin einzureden. Marko versuchte etwas von dem Gespräch zu verstehen. Sein musikgeschultes Gehör glaubte ein paar Mal den

Namen „Paolo“ in der fremdartigen Satzmelodie gehört zu haben.

Andrea antwortete eine Spur langsamer, aber dennoch viel zu flüssig, um auch hier mehr als „Paolo“ zu verstehen.

„Was ist los?“ Miriam sah Marko fragend an, aber er zuckte ratlos mit den Schultern. „Sorry, Französisch ist nicht mein Ding! Jennifer ist unser Sprachtalent!“

Aber Jennifer verstand ebenfalls nur „Paolo“. Sie konnten nichts anderes tun als warten. Schließlich schlich die junge Französin bedrückt davon.

„Was wollte sie?“

„Wissen, wo Paolo steckt!“

Marko verdrehte die Augen. „So viel haben wir uns auch zusammengereimt. Aber warum ist sie so aufgeregt?“

„Hat sie mir nicht verraten!“ Andrea sah dem Mädchen nach. „Wenn ich nur wüsste, wo ich sie schon gesehen habe? Im Club garantiert nicht. Sie ist eine Korsin, man hört es am Akzent.“

„Und wie findet sie Paolos Ausflug zur Polizei?“

„Das habe ich ihr nicht erzählt. Vielleicht kann er seine Unschuld beweisen und dann mache ich mit solchen Neuigkeiten umsonst die Pferde scheu!“

Marko tauschte einen Blick mit Jennifer, von

dem sich Miriam ausgeschlossen fühlte. Die beiden heckten etwas aus. Einwandfrei.

„Wir können nichts anderes tun, als abwarten!", beendete Andrea das Gespräch unerwartet energisch. Das Gespräch mit dem jungen Mädchen hatte ihr Zeit gegeben, über Paolo nachzudenken. „Wir sollten schon ein wenig Vertrauen zur korsischen Polizei haben. Sie werden sicher herausfinden, dass Paolo unmöglich etwas mit der Explosion zu tun haben kann! Vergesst die *Kap Kalliste*! Wie wäre es, wenn ihr euch heute wieder den *Seeteufeln* anschließt?!"

Andrea war mit ihren Gedanken woanders, sonst wäre ihr vermutlich aufgefallen, wie untypisch brav Marko und Jennifer zu diesem Vorschlag nickten. Miriam dagegen wunderte sich lautstark, sobald Andrea im Clubbüro verschwunden war.

„Ihr wollt doch nicht wirklich zu diesem blöden Surfunterricht gehen?"

„Hast du einen besseren Vorschlag?", erkundigte sich Jennifer gereizt.

„Wenn ich nicht so eine Höllenangst vor dem Wasser hätte, wüsste ich was ich täte", entgegnete sie.

„Waaas hast du?" Marko nahm an, dass er sich verhört hatte.

„Was glaubst du, warum wir Urlaub in diesem Club machen?“, fragte Miriam gereizt. „Meine Eltern sind der Ansicht, dass so viel Wasser und Wassersport gezwungenermaßen dazu führen müssen, dass ich meine Angst davor verliere. Aber ehrlich gesagt, ich kriege schon Schweißausbrüche, wenn ich in einer Liege direkt am Pool sitzen soll. Und das bloße Wort Schwimmkurs sorgt dafür, dass sich mir der Magen umdreht.“

„Du kannst nicht schwimmen?“ Das war genau die falsche Frage, erkannte Marko, als Miriam die Lippen aufeinander presste.

„Ich kann auch nicht Gitarre spielen oder auf den Händen laufen. Aber das finden die Leute völlig normal“, sagte sie spitz.

Jennifer legte ihrem Bruder eine mahnende Hand auf den Arm. Vorsicht!, hieß das und Marko bemühte sich, sein Erstaunen zu verbergen.

„Niemand macht dir deswegen Vorwürfe!“, überging er Miriams überempfindliche Reaktion. „Aber du könntest uns trotzdem sagen, was du tun würdest, wenn du eine Wasserratte wärst!“

„Na, zur Felsküste hinüberschwimmen und die Gegend absuchen, wo gestern Abend vermutlich das Beiboot gelandet ist. Ohne die versteckten Sachen kann man den Männern von der *Kap Kalliste* ihren Betrug nicht nachweisen!", sagte Miriam in einer Mischung aus Trotz und Gekränktheit.

„Genau das haben wir vor!", grinste Marko vergnügt. „Entschuldigst du uns beim *Seeteufel*-Treffen?"

„Du glaubst doch nicht, dass ich da hingehe!", protestierte Miriam. „Bei denen dreht sich doch auch alles nur um Wasser und Wassersport!"

„Sieht so aus, als läge deine Ferienplanung ziemlich daneben", entgegnete Marko. „Warum redest du nicht mit deiner ‚Regierung'?"

„Denkst du, sie verzichten meinetwegen auf ihren geliebten Surfurlaub?"

Marko ahnte, dass sie etwas ganz besonders Tröstendes von ihm erwartete, aber auf die Schnelle fiel ihm nichts ein. „Kann man eben nix machen", sagte er lau und fügte ein eher beiläufiges „Ciao!" hinzu.

Er bekam keine Antwort. Miriam sah ihnen lediglich stumm und traurig nach.

„Irgendwie tut sie mir Leid." Jennifer hatte an seiner Stelle ein schlechtes Gewissen. „Wenn ihre Eltern schon so großen Wert darauf legen, dass sie eine Wassersportlerin wird, warum kümmern sie sich nicht selbst darum, dass sie schwimmen lernt?"

„Erzähl ausgerechnet mir was über Eltern und

ihre Urlaubsmacken!" Marko tippte sich vor die Stirn. „Ich sage nur Campingurlaub!"

Jennifer lachte. Die Zeiten, da sie mit ihrer „Regierung" superlangweilige Ferien auf immer demselben Campingplatz verbracht hatten, waren glücklicherweise vorbei. Vorbei, dank Andrea und dem *Club Paradiso*!

„Puhh! Nicht so schnell!"

Jennifer keuchte und legte einen Zahn zu. Marko verschwand hinter der nächsten Felsspitze, und sie hatte Mühe, sein Tempo zu halten. Ein Jahr älter und ein paar muskulöse Kilo schwerer als seine schlanke, sportliche Schwester, hatte er einfach mehr Körperkraft. Er kletterte bereits an Land, als sich Jennifer mit einer Welle auf den kleinen Sandfleck treiben ließ, der gerade breit genug war, damit nur ihre Fersen im Wasser hingen.

Rötlich braune Felsen türmten sich wie kantige, unregelmäßige Bauklötze übereinander. Sogar ein geübter Kletterer hätte Mühe gehabt, an diesen glatten Wänden aufzusteigen. Auch was die Höhle betraf, brachte Marko keine Erfolgsmeldung zurück.

„Hier sind überall nur Klippen! Was meinst du, wie viele Meter das bis oben sind? Die Wand hängt leicht über, man müsste mit einem Kopfsprung in die Wellen tauchen können!"

„Dazu musst du erst einmal hinaufkommen", sagte Jennifer praktisch. „Woher willst du eigentlich wissen, dass die *Kap Kalliste* genau hier abgefackelt wurde?"

Marko deutete stumm auf einen feinen schwarzen Streifen, der sich wie eine Tuschelinie über den goldbraunen Sand zog. Jennifer kam näher und nahm ein wenig von dem schwarzen Gekrümel in die Hand. Schmierige Spuren blieben auf ihrer Haut zurück.

„Öl und Aschereste, vermute ich mal", sagte Marko. „Aber das ist auch schon alles. Lass uns die nächste Bucht überprüfen!"

„Aber dann kehren wir um", forderte Jennifer. „Siehst du, wie weit wir vom Strand weg sind? Schließlich müssen wir das ganze Ende zurückschwimmen."

„Meinetwegen!" Marko zog seine Flossen wieder über und legte sich auf den Rücken, um sich aufs Meer hinaustragen zu lassen. Jennifer folgte seiner kleinen weißen Bläschenspur auf dem Wasser und blinzelte zur Bergkette hinüber, die hoch über dem Strand in den sommerblauen Himmel ragte. Von hier aus gesehen hätte man fast den Eindruck gewinnen können, das Mittelmeer sei ein zu groß geratener Bergsee, und der *Club Paradiso* mitten in den Alpen gelegen.

„Hey, was ist ..." Sie erschrak, als Marko völlig unerwartet direkt neben ihr auftauchte und das Mundstück seines Schnorchels herausnahm.

„In der Bucht nebenan sind Sporttaucher", sagte er dicht an ihrem Ohr. „Sie haben dicke Bojen gesetzt und spannen eben ihre Harpunen. Es sieht richtig gefährlich aus."

„Ja und?" Jennifer verstand nicht ganz, worauf er hinauswollte.

„Mensch, was gibt es hier zu harpunieren? Die paar Tintenfische, die den Touristen bisher entkommen sind? Außerdem sind in dieser Bucht so viele Wassersportler unterwegs, dass jeder vernünftige, halbwegs große Fisch doch woanders seine Ruhe sucht! Die haben ihre Bojen gesetzt, weil sie auf andere Beute scharf sind!"

Jennifer war nicht umsonst die Schwester ihres Bruders. Auch sie konnte kombinieren und ihre Schlüsse ziehen. „Was willst du damit sagen? Dass Hajo und sein komischer Kumpan in dieser Bucht die Sporttaucher spielen, um bei der Gelegenheit ihre heiße Ware vor neugierigen Augen zu sichern? Hast du sie erkannt?"

„Wie denn? Die Typen tragen Neoprenanzüge mit Kapuzen, Maske und Schnorchel! Keine Chance! Aber ich esse meinen Walkman zum Frühstück, wenn ich mich täusche!"

Jennifer ging nicht auf dieses abwegige Angebot ein. „Was hast du jetzt vor?" Sie trat im Wasser auf der Stelle, damit sie die Strömung nicht weitertrug.

„Lass uns umkehren. Wenn das tatsächlich die beiden Halunken von der *Kap Kalliste* sind, haben wir ohnehin keine Chance, an Land zu kommen. Außerdem würden sie sich wundern, was wir hier tun. Es ist besser, wenn wir uns die Küstenlinie genau einprägen. Siehst du den Felsen dort oben, der wie ein liegender Löwe aussieht ...?"

Jennifer folgte Markos Fingerzeig und rümpfte die Nase über den Vergleich. „Löwe? Du tickst nicht richtig. Höchstens wie eine liegende Hausmaus!"

„Ist doch egal, Hauptsache wir haben einen Orientierungspunkt für unsere Kletterpartie!"

Jennifer ahnte, was ihr Bruder vorhatte. „Du willst es über Land versuchen? Hast du den verrückten Korsen mit seinem Museumsgewehr vergessen?"

„Wir müssen eben den Weg über die Felsen am

Strand entlang nehmen und nicht über das Plateau!" Marko hatte sich bereits alles genau ausgedacht. „Du hast gehört, was Andrea gesagt hat. Der Strand ist für alle da. Niemand kann uns da vertreiben. Wir üben eben für den Kletterkurs!"

„Und wenn wir abstürzen, war es Training für das Turmspringen?" Jennifer schauderte. Sie wusste nicht, ob sie inzwischen schon zu lange im Wasser war oder ob sie die Aussicht auf diese gefährliche Kletterpartie frösteln ließ.

„Ich kann auch allein losziehen, wenn es dir zu steil ist", bot Marko an, während sie nebeneinander zurückschwammen. Erst jetzt fiel ihm wieder ein, dass Jennifer ihre Probleme mit großen Höhen hatte.

„Das würde dir so passen", prustete sie empört. „Hältst du mich für ein Weichei?"

Irgendwie würde sie es schaffen und wenn sich ihr Magen umdrehte!

Rund um das leckere, dicht belagerte Mittagsbüffet des *Club Paradiso* kochten bereits die Gerüchte. Ein großer Teil der weiblichen Feriengäste hielt Paolo für unschuldig, aber es gab durchaus auch männliche Stimmen, die das Gegenteil behaupteten.

„Die haben ja nicht alle Tassen im Schrank", regte sich Jennifer auf, als sie ihren voll gepackten Salatteller neben den von Marko knallte. „Keiner weiß was Sache ist, aber alle geben ihren Senf dazu!"

Miriam, die bereits auf ihr Erscheinen gelauert hatte, beugte sich vor und dämpfte ihre Stimme. „Lass doch die Pfeifen! Sagt mir lieber, ob ihr an der Felsküste tatsächlich was entdeckt habt?"

„Möglich ist alles", nuschelte Marko mit vollem Mund.

„Kannst du das übersetzen?" Miriam war ganz kribbelig vor unterdrückter Neugier.

Marko fasste ihren Schnorchelausflug in kurzen Worten zusammen und weihte sie großzügig in die weiteren Pläne ein. „Ich wette, dass wir in dieser Bucht was finden. Allerdings müssen wir über die Felsen am Strand klettern und aufpassen, dass wir keinen Verdacht erregen."

„Bist du wahnsinnig?", rief Miriam entsetzt. „Das sind fast senkrechte Wände!"

Marko widerstand der Versuchung sich mutiger zu geben, als er in Wirklichkeit war. „Das sieht von hier schlimmer aus, als es ist. Es gibt immer wieder Tritte und Spalten, ich hab's mir genau angesehen!"

„Das könnt ihr nicht machen!", wandte sich Miriam an Jennifer. „Das ist viel zu gefährlich! Hast du nicht gesagt, dass du nicht schwindelfrei bist? Ich würde mich auf jeden Fall zu Tode fürchten!"

„Wenn du noch ein bisschen lauter schreist, dann können wir unseren Plan gleich ans schwarze Brett heften", zischte Marko gereizt. Was für ein Glück, dass Jennifer nicht zu dieser überängstlichen Sorte von Mädchen gehörte. „Du musst ja nicht mitkommen. Wir machen das schon allein!"

„Und was sagt eure Tante dazu?"

Marko tauschte einen alarmierten Blick mit seiner Schwester. „Wenn du ihr nichts davon verrätst, muss sie es ja nicht unbedingt erfahren!"

„Sie hat euch vorhin schon gesucht!"

„Dann wird sie uns ja irgendwann finden."

Entwaffnet starrte Miriam die beiden Geschwister an. Sie kam sich ausgeschlossen vor. Sie ahnte, dass Marko seine Coolness in Sachen Andrea nur spielte, aber sie wusste nicht, ob sie ihm das auf den Kopf zusagen sollte. Ihr lag eine Menge daran, dass Marko Heimberger sie gut fand.

„Cool down!" Jennifer hatte Mitleid mit ihr. Marko stand manchmal wirklich auf dem Schlauch, wenn es um Mädchen ging. „Wir gehen kein Risiko ein. Wir machen lediglich einen Ausflug. Ich suche neue Fotomotive, das ist alles! Du kannst dich darauf verlassen, dass ich schon aus reinem Selbsterhaltungstrieb auf Meereshöhe bleibe."

„Neue Fotomotive?" Miriam konnte Jennifers Begeisterung nicht nachvollziehen. „Was gibt's zwischen diesen blöden Steinen schon zu knipsen?"

„Jede Menge. Blumen, Pflanzen, Tiere und nicht zuletzt jede Menge Landschaft!"

Miriam sah zu Marko, der mit vollen Backen kaute. „Und du?"

„Ich schleppe ihre Fototasche ..." Es klang reichlich undeutlich, aber das Mädchen verstand die Botschaft trotzdem. Jennifer und Marko Heimberger waren ein eingespieltes Team, bei dem ein Dritter nur störte.

„Ja dann ..." Miriam stand enttäuscht auf. Sie hatte schließlich auch ihren Stolz.

„Du bist schon satt?" Andrea tauchte aus dem Gewimmel auf und bemerkte ihren halb vollen Teller. „Schmeckt es dir nicht?"

„Doch, Klasse. Aber es ist zu viel!"

Andrea sah Miriam verblüfft nach, ehe sie sich an die beiden Geschwister wandte. „Was ist los? Habt ihr euch gestritten? Wo habt ihr eigentlich die ganze Zeit gesteckt?"

Marko schüttelte den Kopf. „Wir haben uns nicht gestritten und wir waren schwimmen. Ohne Miriam. Sie ist wasserscheu und streckt nicht mal den großen Zeh ins Meer, hast du das gewusst? Wer schleppt ein solches Mädchen zu einem Strandurlaub?"

Er beherrschte perfekt die Fähigkeit, Andrea von gefährlichen Fragen abzulenken, indem er das Thema wechselte. Da sie sich ebenfalls ihre Gedanken über Miriam gemacht hatte, ging sie darauf sein.

„Eltern die denken, dass sie auf diese Weise etwas erzwingen können", entgegnete sie mit einer Grimasse, die ihre Meinung zu diesem Thema verkündete.

„Ganz schön daneben", warf Jennifer ein. „Aber anscheinend kümmert sich ihre ‚Regierung' nicht mal darum, ob sie den Schwimmkurs tatsächlich besucht."

„Ihr könntet ihr helfen", schlug Andrea vorsichtig vor.

„Können oder müssen?", fragte Marko.

„Ihr hättet eine sinnvolle Beschäftigung ..."

Jennifer und Marko wechselten ihren Verschwörerblick, und Andrea wusste, dass sie durchschaut worden war.

„Okay, reden wir Klartext!", seufzte sie. „Ihr habt das *Seeteufel*-Treffen ausfallen lassen, weil ihr auf eigene Faust an der Felsküste geschnorchelt seid, stimmt's?"

„Und wenn es so wäre ..." Marko ließ den Satz fragend im Nichts enden.

„Müsste ich euch einen Vortrag über die Gefahren halten, die auch an Schönwettertagen von Meeresströmungen und Wind drohen", antwortete Andrea ernst. „Ich möchte nicht, dass ihr ganz allein so weit draußen unterwegs seid. Ich trage schließlich die Verantwortung für euch. Ganz davon abgesehen, dass ihr euch möglicherweise auch in Gefahr bringt, wenn ihr euch zu intensiv mit dem Rätsel um die *Kap Kalliste* beschäftigt!"

„Um uns musst du dir echt keine Sorgen machen", winkte Marko betont lässig ab.

Andrea seufzte, man sah ihr an, dass sie mit sich kämpfte. Aber dann stellte sie die Frage doch. „Habt ihr etwas gefunden?"

Marko und Jennifer schüttelten stumm den Kopf. Ohne sich abzusprechen, verschwiegen sie die mit Harpunen bewaffneten Sporttaucher. Wenn Andrea schon auf ihrer Verantwortung herumritt, bekamen sie vermutlich so etwas wie Club-Arrest, wenn sie auch nur den Hauch von Gefahr witterte.

„Was treiben die zwei Heinis von der *Kap Kalliste* eigentlich den ganzen Tag?", wollte Marko wissen.

„Keine Ahnung!“ Andrea hatte als Animateurin einen dichten Stundenplan und keine Zeit, sich um Zufallsgäste des Clubs zu kümmern. „Seit dem Verhör in der Club-Zentrale habe ich sie nicht mehr gesehen! Vermutlich hängen sie an der Bar herum und klopfen ihre üblichen Macho-Sprüche!“

„Und Paolo?“

„Ist immer noch bei der Polizei in Bonifacio.“

„Ein schlechtes Zeichen, hm?“

Andrea hob die Schultern. „Schwer zu sagen. Auf jeden Fall müssen wir abwarten. Vielleicht wäre es ganz gut, wenn ihr heute Nachmittag in der Nähe bleibt, dann erfahrt ihr alle Neuigkeiten aus erster Hand!“

Marko sah zu Jennifer, die mit mathematischer Genauigkeit ein Salatblatt zerlegte. Er wusste, dass sie ebenfalls die Bitte hinter der lässigen Empfehlung gehört hatte. Keine Abenteuer! Bleibt auf dem Gelände! Bringt euch nicht in Gefahr!

Die Geschwister tauschten ihre Überlegungen aus, ohne dass ein Wort fiel. Die nettesten Patenkinder der Welt, aber auch zwei schreckliche Dickköpfe, wenn es darum ging den eigenen Willen durchzusetzen.

DAS VERSTECK IN DER GROTTE

„Vorsicht!“

Marko streckte Jennifer die Hand entgegen, aber sie hatte ihrerseits keine frei, um nach der seinen zu greifen. Eine Hand klammerte sich an einen Felsvorsprung, die andere sicherte die Kamera davor, dass sie gegen den Stein stieß.

„Uff!“ Sie pustete sich eine Haarsträhne aus der Stirn und zog sich mit einer letzten Kraftanstrengung um den Felsvorsprung herum und landete auf dem winzigen Strand, wo ihr Bruder bereits wartete. „Kletterpartien bei dieser Hitze sind nicht das Gelbe vom Ei! Ich bin kurz vorm Zerlaufen!“

Neben ihnen plätscherten die Wellen murmelnd an die steinerne Wand und drängten sich weiß schäumend durch einen Felsbogen, ehe sie unerwartet sanft dahinter in einer winzigen halbmondförmigen Sandbucht ausliefen. Über ihnen prallte die Sonne auf die steinerne Löwen-Hausmaus, und die Luft flirrte vor Hitze.

„Genau die Größe von Strand, die man in den Koffer packen und mit nach Hause nehmen könnte", grinste Marko. „Was meinst du, wo er hinpasst? In den Vorgarten?"

„Und wie willst du ihn in den Rucksack kriegen?", ging Jennifer auf den Witz ein. „Zusammengefaltet? Ich garantiere, dass er ausläuft!"

„Okay, wir lassen ihn hier", erklärte Marko großzügig und rückte die Ray-Ban-Sonnenbrille auf seinem Nasenrücken zurecht. „Keine Tauchbojen mehr auf dem Wasser. Entweder täuschen wir uns, oder die haben den Vormittag genutzt, ihr Versteck so gut zu tarnen, dass man es durch Zufall nicht entdecken kann."

„Super!", gratulierte Jennifer trocken. „Du weißt, wie man andere motiviert. Müssten wir nicht Spuren finden, wenn unser Verdacht stimmt?" Sie deutete auf die unberührte Sandfläche um sie herum.

„Es war Flut!", gab Marko zu bedenken. „Siehst du, wie sich das Wasser immer mehr zurückzieht? Der höchste Wasserstand geht anscheinend bis kurz vor die Felsen! Ein Privatstrand, der nur bei Ebbe existiert!"

Jennifer musste ihm Recht geben. Sie machte ein paar Aufnahmen der bizarren Felsformationen, während Marko oberhalb der Wasserkante alles absuchte. Er ließ sogar die Handflächen über die glühend heißen Felsen gleiten und piekste sich an einer Stranddistel, die sich mit starren, gezackten Blättern in einem Spalt verhakt hatte.

„Autsch, verflixt!", schimpfte er und steckte den Finger in den Mund, um das Blut aus der winzigen, schmerzenden Wunde zu saugen. „Wenn bloß ..."

Als er mitten im Satz abbrach, ließ Jennifer die Kamera sinken. Jetzt sah sie, was Marko mit einem Schlag sprachlos gemacht hatte. Der schmale, hochkantige Stein, der die lästige Distel verborgen hatte, stand plötzlich schief. Marko hatte seinen ersten Schmerz abreagiert, indem er mit seinem Turnschuh wütend dagegen trat.

„Wow! Ein starker Held!" Jennifer musste einfach ein bisschen lästern. „Wenn du so weitermachst, ist Arnold Schwarzenegger in Kürze arbeitslos!"

„Dumpfbacke!", antwortete Marko brüderlich liebenswürdig. „Der kippt nicht, weil ich so stark bin, sondern weil er gar nicht hierher gehört! Dem fehlt die Basis! Siehst du nicht, dass der Sand davonrieselt?"

Jennifer trat neugierig näher und sah, was ihr Bruder meinte. Zu ihren Füßen rieselte der Halt der Säule wie durch den Hals einer Sanduhr davon. Als die Bewegung aufhörte, hing die Felssäule schräg vor einem klaffenden, etwa anderthalb Meter hohen Riss in der Felswand. Marko quetschte sich mit eingezogenem Bauch, die Füße voraus, seitlich hinein und seine Schwester folgte ihm ohne zu zögern.

„Mensch, das ist ja eine Höhle!", staunte sie beeindruckt und sah sich um.

Über ihr wölbte sich der rötliche Fels wie eine Kuppeldecke. Bläuliches Dämmerlicht fiel auf Geröll und runde Steine sowie das kleine verräterische Sandhäufchen, das von außen eingedrungen war. Der Boden senkte sich zwei Meter weiter sanft ab, bis er von kleinen plätschernden Wellen überspült wurde. Bei Flut musste der Fels so knapp über der Wasserfläche enden, dass zwar etwas Tageslicht hereinfiel, aber schon ein Schwimmer tauchen musste, um sich nicht den Kopf an den scharfkantigen Felsen zu stoßen.

Marko zweifelte keine Sekunde daran, dass es von außen nicht den kleinsten Anhaltspunkt für diese natürliche Grotte gab. Ein ideales Versteck, das eigentlich nur ein Taucher entdeckt haben konnte.

„Glück muss man haben!", murmelte er und sah sich nach seiner Schwester um.

„Sieh nur!"

Jennifer hatte die schwarzen Umrisse entdeckt, die an der hinteren Felswand aufgestapelt waren. Sie lagen auf einer trockenen, zwei Handbreit hohen Plattform aus aufgehäuften Steinen. Marko trat näher und klappte sein Taschenmesser auf. Vorsichtig, um die Folie nicht zu zerschneiden, fuhr er unter einen der Klebestreifen und löste ihn. Leises Ratschen, dann glänzte rundes Glas, er sah Ziffern, Knöpfe, Regler.

„Navigationsinstrumente, da möchte ich wetten!" Er pfiff leise zwischen den Zähnen hindurch. „Vermutlich finden sich hier auch irgendwo die Laptops und alle anderen teuren Klunker von der *Kap Kalliste*!"

„Geh mal aus dem Weg!", kommandierte Jennifer. „Ich mach ein paar Fotos davon!"

Marko krabbelte zustimmend zur Seite, ehe er sich aufrichtete und die Augen mit der Hand vor Jennifers Blitzlicht schützte. Er empfand eine höchst eigenartige Mischung aus Triumph und Unzufriedenheit, die auf Jennifer abstrahlte, sodass sie die Kamera sinken ließ.

„Was ist los?", erkundigte sie sich fragend. „Du müsstest jubeln vor Freude!"

„Und warum bitte? Wir haben zwar jede Menge

Zeug gefunden, aber wie wollen wir beweisen, dass es von der *Kap Kalliste* stammt? Woher wollen wir wissen, dass Hajo und sein Kumpan die Sachen hier versteckt haben?"

Jennifer öffnete den Mund und schloss ihn sofort wieder. Dann sagte sie mit einem tiefen Atemzug: „Schöner Mist, was schlägst du vor?"

„Erst einmal müssen wir dafür sorgen, dass unser Besuch keine Spuren hinterlässt", ging Marko der Reihe nach vor. „Hilf mir, draußen den Sand anzuhäufen, damit wir diesen blöden Stein wieder aufrichten können!"

Das war leichter gesagt als getan. Jennifers T-Shirt war durchgeschwitzt und Marko hatte einen roten Kopf, als die Steinsäule endlich halbwegs unverdächtig vor dem Spalt klemmte. Dafür war der Strand davor so durchwühlt, als habe an dieser Stelle ein stundenlanges Beachball-Turnier stattgefunden.

„Warte!" Marko wusste sich zu helfen. Er kletterte einen Felsen hoch, aus dem auf halber Höhe ein Busch wuchs. Mit ein paar Ästen davon kehrte er zurück, während Jennifer sowohl seine Kletterkunststücke wie den Strand fotografierte.

Mit Hilfe der Äste kehrte Marko den Strand sorgfältig von ihren Spuren frei, ehe er prüfend zurücktrat. „Das müsste reichen. Die nächste Flut sorgt ohnehin für alles Weitere ..."

„Wenn die Betrüger nicht vorher kontrollieren kommen", fürchtete Jennifer.

„Bestimmt nicht!", behauptete Marko. „Die sind viel zu beschäftigt damit, die Bar im *Club Paradiso* leer zu trinken und die armen Schiffbrüchigen zu spielen."

„Hoffentlich hast du Recht!"

Andrea schöpfte sofort Verdacht, als Jennifer und Marko total verschwitzt auf die Hocker vor der Strandbar kletterten und durstig nach etwas zu trinken verlangten. Beide schütteten gierig zwei Gläser eisgekühlte Limonde herunter. Sie entdeckte die Dornenkratzer an Jennifers nackten Waden, die Schicht Sand und Erde unter Markos Fingernägeln. Sie unterdrückte einen Seufzer, in den sich Erleichterung und Sorge mischten. Immerhin schienen die beiden bis auf diesen gewaltigen Durst und die Kratzer unbeschädigt zu sein.

„Also?", erkundigte sie sich ruhig und schob jedem ein drittes, gefülltes Glas hin. „Wenn ihr zwei Katzen wärt, würde ich sagen, die Maus, die ihr gefangen habt, steckt euch quer in der Kehle!"

„Was für ein Glück, dass du nicht unsere Mutter

bist“, schnaufte Marko. „Lernt man Gedankenlesen eigentlich auf der Uni, wenn man Lehrerin werden will?“

„Klar“, grinste Andrea. „Das ist absolutes Pflichtfach für Leute, die mit Kids zu tun haben wollen, die auf keine Ratschläge hören. Also, was ist los?“

Zehn Minuten später betrachtete sie ihre Patenkinder fassungslos. Der Schreck über ihre leichtsinnige Aktion fuhr ihr noch nachträglich in die Glieder. „Navigationsgeräte? Ihr seid ganz sicher, dass ihr euch nicht täuscht?“

„Soweit ich es erkennen konnte“, nickte Marko. „Wie ein Kompass aussieht, weiß schließlich jedes Baby. Die Geräte sind in wasserdichte schwarze Folie verpackt und wir haben nur ein Paket davon aufgemacht. Aber Jennifer hat alles fotografiert!“ Er deutete auf die altmodische Kamera die von der Schulter seiner Schwester hing.

Andrea schwankte zwischen Ärger und Anerkennung. „Gut gemacht“, sagte sie nachdenklich. „Jetzt müssten wir nur noch beweisen können, dass Paolo mit dem Ganzen nichts zu tun hat!“

„Man müsste die Kerle dabei erwischen, wie sie das Zeug in Sicherheit bringen!“ Marko wusste jedoch selbst, dass er sich da falsche Hoffnungen machte. „Wenn sie nur einen Funken Grips im

Kopf haben, lassen sie es da liegen, bis sie es ohne jede Gefahr abtransportieren können."

„Gefahr ...", wiederholte Andrea geistesabwesend. „Man könnte den Spieß doch umdrehen und ihnen die Überzeugung vermitteln, dass ihre kostbaren Instrumente in Gefahr sind, wenn sie in dem Versteck bleiben!"

„Klingt gut. Aber wie willst du dieses Wunder fertigbringen?" Marko erzeugte eine Reihe knatternder Geräusche mit seinem Strohhalm im leeren Glas.

Andrea musste für die nächsten durstigen Kehlen exotische Koko-Drinks mit weißem Rum mixen. Sie garnierte die Gläser mit hauchdünnen Limonenscheiben und servierte sie ihren Gästen, ehe sie das Gespräch mit ihren Patenkindern wieder aufnahm. Sie beugte sich leicht zu ihnen über den Tresen und dämpfte ihre Stimme.

„Auf Korsika sind die Unterschiede zwischen Ebbe und Flut nicht so groß wie am Atlantik. Ein paar Meter sind jedoch schon drin. Wenn ..."

Marko ahnte, worauf sie hinauswollte. „Das klappt nicht. Die haben das Zeug auf Steine gelegt. Mindestens zwanzig Zentimeter hoch. Da müsste schon eine Sturmflut angesagt sein oder eine Jahrhundertwelle."

„Aber morgen ist Vollmond!"

„Ja und?" Jennifer hatte keine Ahnung, was Andrea und ihr Bruder damit meinten.

„Bei Vollmond steigt die Flut höher als normal. Das hat etwas mit der Anziehungskraft des Mondes auf die Wassermassen der Erde zu tun und jeder Schiffer weiß das", erklärte Andrea leise. „Wenn wir noch ein bisschen was dazuschwindeln, sind die beiden sicher viel zu alarmiert, um groß nachzuprüfen, ob das speziell an dieser Küste überhaupt so dramatische Auswirkungen haben kann."

„Klasse!", lobte Marko. Aber er fand gleich anschließend auch das Haar in der Suppe. „Wie willst du ihnen diese Alarmmeldung unterjubeln? Wir können sie schlecht darauf ansprechen, dass sie ihre geklaute Beute in Sicherheit bringen müssen, weil ihnen ein Wasserschaden droht!"

„Das genau ist der Punkt, über den ich noch nachdenken muss und ..."

„He! Hallo! Bedienung!"

Der knappe unhöfliche Ruf ließ Andrea so auf dem Absatz herumfahren, dass ihre rötlichen Locken flogen. Hajo Nickig und Dieter Raffner lehnten in Begleitung von zwei Strandschönheiten am anderen Ende der Bar. Dass die Animateurin, die für den Service zuständig war, mit ein paar

Kindern plauderte, passte ihnen nicht in den Kram. Sie verlangten augenblicklich Bedienung und Aufmerksamkeit!

Nur Marko und Jennifer merkten, dass Andrea sich einen Ruck geben musste, ehe sie ein professionell strahlendes Lächeln zustande brachte und zu den beiden Männern schlenderte. In einer betont langsamen Art, die ihre sensationelle Figur bestens zur Wirkung brachte.

Sogar Marko fiel in diesem Moment auf, dass sich die mürrischen Gesichter der *Kap Kalliste*-Eigner zu einem bewundernden Grinsen entspannten. Dafür sahen die beiden Strandschönheiten plötzlich ziemlich mürrisch drein. Andrea nutzte die unverhoffte Chance.

„Hallooo", hörten die Geschwister sie in falscher Freundlichkeit flöten. „Na, den Schock schon überstanden? Ich hoffe, ihr fühlt euch wohl im *Club Paradiso*! Was möchtet ihr trinken?"

Der lockere Ton im Club, wo jeder geduzt wurde und niemand auf Familiennamen und Titel Wert legte, erleichterte Andrea die Kontaktaufnahme. Hajo Nickig starrte auf ihren knackig braunen Bauchnabel und schluckte. Dieter Raffner fuhr sich über die frisch gegelten Haare und markierte den Mann von Welt.

„Champagner natürlich! Oder hast du für deine Pauschis so was nicht im Programm, Süße?“

Andrea mobilisierte ihre ganze Selbstbeherrschung, um dem Angeber nicht die Schüssel mit den Eiswürfeln über die Fetthaare zu kippen. „Wir sind in Frankreich! Selbstverständlich haben wir Champagner!“

„Was sind Pauschis?“, wisperte Jennifer an Markos Ohr.

„Pauschalreisende“, erklärte Marko die abfällige Klassifizierung der *Club Paradiso*-Urlauber. „Aber das eine sag ich dir, lieber Pauschis, die ihre Rechnung ordentlich bezahlen, als Betrüger, die auf Kosten von Paolo hier den großen Max spielen!“

Andrea ließ den Champagner-Korken knallen und goss die langstieligen Gläser voll. *„Santé,* auf einen schönen Urlaub!“, wünschte sie ihnen und lehnte sich, auf den Unterarm gestützt, gegen die Bar.

„Auch 'n Gläschen?“, fragte Hajo.

„Gern!“, zwitscherte Andrea sonnig. „Was feiern wir eigentlich? Eure Rettung in letzter Minute?“

„Unsere Rettung, ja! Da heben wir einen drauf!“, johlte Hajo. „Das kann man gar nicht genug feiern!

Prosit, Mädels!" Er kippte sein Glas wie Leitungswasser hinunter und ließ sich nachschenken. „Und worauf stoßen wir jetzt an?"

„Wie wäre es mit dem Vollmond?", schlug Andrea vor.

„Quatsch, Vollmond! Lieber auf die Liebe!", mischte sich eines der Mädchen ein und fixierte die Konkurrenz hinter der Bar eifersüchtig. Was mischte sich diese dumme Animateurin in ihren Flirt ein?

„Aber der Vollmond ist immer ein echtes Ereignis auf Korsika!", ließ sich Andrea nicht durcheinander bringen. „Ihr könnt froh sein, dass er in euren Urlaub fällt. Vom Meer aus ist das Schauspiel besonders sehenswert. Die Küste ist ein Scherenschnitt, das Wasser glänzt wie flüssiges Silber ..."

„Mit dir würde ich gerne so eine Bootspartie im Vollmond machen, Süße!"

Andrea schenkte ihm ein strahlendes Lächeln. „Tja, ganz schön blöd, dass euer Boot explodiert ist! Ich würde glatt mitfahren. Obwohl ..."

„Obwohl was?", hakte Hajo nach.

„Na, auf Booten wird mir immer höllenhaft schlecht", flunkerte Andrea frisch drauflos. „Wäre doch schade, wenn die ganze Stimmung dahin ist, weil ich sterbenskrank euren Champagner über die Reling spucke!"

„Bei dem Seegang?" Hajo grinste. „Das Meer ist so platt wie eine Autobahn!"

„Jetzt vielleicht", entgegnete sie schlagfertig. „Aber bei Vollmond ist das Meer immer unruhig. Man merkt es ja auch daran, dass die Flut höher als an normalen Tagen steigt. Die kleinen Buchten an der Felsküste drüben sind normalerweise absolut trocken, aber bei Vollmond kannst du nirgends anlanden. Da steht alles unter Wasser! Schade eigentlich, es wären ideale Orte für ein Vollmondfest mit Lagerfeuer. Nur Sand und Felsen, keine Gefahr bei Funkenflug! Aber mit nassen Füßen macht es keinen Spaß!"

Sie nippte an ihrem Sektglas und sah den alarmierten Blick, den Hajo und Dieter wechselten. Sie hatten den Köder geschluckt!

„Was heißt das, alles steht unter Wasser?", knurrte Dieter, der offensichtlich derjenige von beiden war, der sich am meisten Sorgen machte.

„Na, das Wasser reicht dann bis an die Felskante", entgegnete Andrea geschickt. „Normalerweise handelt es sich nur um ein paar Zentimeter mehr als sonst. Wenn jedoch Ostwind angesagt ist wie für morgen, kann es schon mal ein bisschen höher gehen. Aber hey, wem erzähle ich das eigentlich? Ihr seid die Seeleute, ihr wisst das alles selber! Noch ein Gläschen Schampus?"

Marko und Jennifer grinsten sich an. Klasse, wie Andrea das machte. Absolute Spitze. Nur wenn man das Gespräch von vorher kannte, merkte man die Absicht. Irgendwie hatte das Thema den Männern die Lust an der Champagner-Party verdorben.

Hajo schüttelte den Kopf und missachtete das Nicken ihrer Begleiterinnen. „Nee, mir langt's! Wann sagtest du, ist diese Flut?"

„Habt ihr Angst nasse Füße zu bekommen?", witzelte Andrea. „Keine Panik. Der Gezeitenkalender zeigt den Höchststand der Flut für 22. 15 Uhr morgen Abend an. Für uns heißt das nur, dass der Sandstrand während der Nacht ein paar Meter schmaler ist." Sie machte eine effektvolle Pause. „Sieht man sich eigentlich nachher? Auf dem Gelände der Pferde-Ranch ist heute Abend Western-Nacht mit Barbecue und Country-Musik! Ihr seid natürlich herzlich eingeladen!"

„Mal sehen", wich Dieter einer direkten Antwort aus und packte seinen Kumpan am Arm. „Bis die Tage!"

Sie verschwanden so schnell wie sie aufgetaucht

waren. Marko sah, dass die beiden Strandschönheiten hastig hinter ihnen herliefen.

„Bingo!“, gratulierte er und hielt Andrea den rechten Daumen hochgestreckt entgegen.

„Abwarten“, blieb sie vorsichtig. „Noch ist unsere Beweislage eine reichlich wackelige Angelegenheit!“

AUSFLUG FÜR FRÜHAUFSTEHER

„Hier sind die Bilder!"

Der Club-Manager ließ sich in seinen quietschenden Drehstuhl fallen und sah Andrea und ihre beiden Patenkinder erwartungsvoll an.

Jennifer griff nach den Aufnahmen. Befriedigt stellte sie fest, dass der Blitz, der ihr manchmal Kummer machte, in der Mini-Grotte bestens gearbeitet hatte. Markos Hände hielten die Folie zurück, und die Messinstrumente waren deutlich erkennbar. Danach folgten die Aufnahmen von außen, von der Küstenlinie und vom Strand.

„Mein Freund in Bonifacio hat sich ziemlich gewundert, dass ich ihn darum gebeten habe, noch einmal in sein Labor zu gehen", grinste Jacques.

Er hatte für die schnelle Entwicklung des Films seine Beziehungen spielen lassen, nachdem ihn Andrea über die eigenmächtigen Nachforschungen ihrer Patenkinder informiert hatte.

„Das hast du gut gemacht", sagte Andrea, die

noch immer ihr Cowgirl-Kostüm vom Westernfest trug. Aber es war klar, dass sie nicht Jacques sondern Jennifer meinte. „Ich möchte wetten, dass die beiden Typen gleich morgen früh eines unserer Boote haben wollen. Wir sollten die *Gendarmerie maritime* informieren. Die Bilder sind zwar noch kein Beweis, aber vielleicht ausreichend genug, damit sie in dieser Richtung ermitteln!"

„Genau das tun sie", nickte Jacques und lachte über die verblüfften Gesichter. „Ihr glaubt doch nicht, dass ich einfach nach Hause gefahren bin. Vorher war ich bei der Polizei! Sie erwarten dich und die Kids an der Anlegestelle bei der *Capitainerie* in Bonifacio. Sieben Uhr morgens. Tut mir Leid, das bedeutet für euch, dass ihr mit den Hühnern aufstehen müsst, aber sie wollen unbedingt, dass ihr ihnen persönlich die Bucht zeigt, in der das Zeug versteckt ist."

„Wir dürfen mit!" Mit so viel Glück hatte Marko in seinen kühnsten Träumen nicht gerechnet. „Mann, das ist klasse! Ich wollte schon immer mal auf einem richtigen Polizeiboot spazieren fahren!"

„Ich weiß nicht", Andrea kamen Bedenken. „Reicht es nicht, wenn ich dabei bin? Es könnte vielleicht gefährlich werden und immerhin trage ich die Verantwortung für euch. Eure Eltern reißen mir den Kopf ab, wenn ihr auch nur in die Nähe von Gefahr kommt!"

„Unsere Eltern müssen ja nicht alles wissen", schlug Marko vor. „Außerdem haben wir schon ganz andere Dinge gemanagt. Hast du schon vergessen, dass wir in der Türkei große Klasse waren?"

Andrea wollte lieber nicht an die haarsträubenden Ereignisse im Club Pamfylia erinnert werden. Ihr Ausflug ins Club-Management hatte sie jede Menge Nerven gekostet und sie war froh, dass Jacques auf Korsika diese Verantwortung an ihrer Stelle trug. Sie hatte eigentlich nur noch Animateurin sein wollen. Für Freizeit und Spaß zuständig sein und nicht für Abenteuer und Aufregung.

„Du brauchst dir keinen Kopf zu machen", mischte sich Jacques ein. Er konnte Andreas Bedenken verstehen. „Capitaine Bonnardi hat mir versichert, dass die beiden Kids beim Landeinsatz natürlich an Bord bleiben müssen und keiner Gefahr ausgesetzt werden."

Das gab den Ausschlag. Mit minutengenau gestelltem Wecker schlüpften Marko und Andrea unter ihre Bettdecken. Und obwohl sie beide gedacht hatten, dass sie die Aussicht auf das bevorstehende Abenteuer wach halten würde, schliefen sie schon nach wenigen Atemzügen. Nicht einmal die Zikaden, die unter den Büschen neben der Terrasse ihr durchdringendes Nachtkonzert pfiffen, konnten sie stören.

„Uaaah! Ich hätte nicht gedacht, dass es in diesen Breitengraden um sechs Uhr früh so kalt ist!"

Jennifer, die nur einen dünnen Baumwollpulli trug, zog fröstelnd die Schultern hoch. Um diese Morgenstunde wirkte die Club-Anlage völlig verlassen. In der Strandbar waren die Stühle auf die Tische gestellt, und in einer Pfütze beim Swimmingpool badete eine Meisenfamilie. Ein Wildtaubenpärchen gurrte in den Schirmpinien bei der Rezeption und lediglich der schwarze Kater, der im Pferdestall die Mäuse vertreiben sollte, kam ihnen auf dem Hauptweg entgegengeschlichen.

Marko lief ungeduldig zwei Schritte voraus. Die friedliche Stille des frischen Morgens interessierte ihn nicht die Bohne. Seit er mit verstrubbelten Haaren unter der Dusche verschwunden war, wollte er keine Sekunde verschwenden. Er war bloß enttäuscht, dass Andrea ganz entspannt an dem kleinen Club-Kastenwagen lehnte und nicht mit bereits laufendem Motor hinter dem Steuer saß.

„Los schon!", japste Marko und ließ sich auf den Beifahrersitz fallen, während Jennifer auf der

Rückbank Platz nahm. „Die werden nicht auf uns warten!"

„Das müssen sie wohl", schnaufte Jennifer und stellte ihre schwere Kameratasche neben sich. „Wir sind schließlich die Hauptpersonen!"

„Quatsch, die Hauptpersonen sind die Gangster von der *Kap Kalliste*!"

„Schnallt euch lieber an!", behielt Andrea die Ruhe. „Man kann nicht wissen, welche Verrückten um diese Tageszeit unterwegs sind! Aber wenigstens müssen wir nicht damit rechnen, dass sich die Autos vor Bonifacio stauen. Wenn wir die gleiche Fahrt um die Mittagszeit machen würden, müssten wir das Doppelte an Zeit einplanen!"

Sie behielt sowohl in Bezug auf die Verrückten wie auch auf den Stau Recht. Motorradfahrer ohne Helm, zerbeulte Kleinwagen und wild gewordene Lkw-Fahrer boten all ihren Ehrgeiz auf, um dem *Club Paradiso*-Auto zu zeigen, dass Verkehrsregeln auf dieser Insel keine Bedeutung hatten.

„Ich dachte, das Rasen ist Paolos Spezialität", wunderte sich Marko und Andrea schüttelte den Kopf.

„Auf Korsika gilt eigentlich eine Höchstgeschwindigkeit von 110 Stundenkilometern, aber die fährt fast keiner. Entweder staut sich der Verkehr total, oder jeder rast, was sein Auto hergibt. Reine Nervensache, das Ganze!"

„Schau mal!" Jennifer hopste auf ihrem Sitz herum und verrenkte sich den Kopf, als Andrea um den letzten Kalkfelsen bog und auf den Hafen von Bonifacio zuhielt. „Ist ja irre!"

„Das Plateau, auf dem die alte Oberstadt liegt, ragt rund sechzig Meter über das Meer", erklärte Andrea, während ihre Patenkinder fassungslos an den steilen ausgewaschenen Felsen hochblickten. Hoch oben thronte der Ort, der aussah wie eine Sammlung von Spielzeughäuschen. „Der Hafen war in früheren Zeiten eine Hochburg der Seeräuber, ehe er zu einem der wichtigsten Stützpunkte der Genuesen im Mittelmeer wurde. Der Kalkfelsen, auf dem die Stadt liegt, schafft einen natürlichen Fjord, der einen sicheren Ankerplatz sogar für große Schiffe bietet. Er ist dennoch so schmal, dass man ihn früher mit einer mächtigen eisernen Kette gegen unerwünschte Eindringlinge absperren konnte! Ihr werdet es sehen, wenn wir aufs Meer hinausfahren."

Beeindruckt begutachtete Marko die Mauern der mächtigen Zitadelle, die den Hafen überragte. Als Andrea vor dem Gebäude der Hafenmeisterei parkte, in der sich auch die *Gendarmerie maritime* befand, hatte er Mühe, seine Aufmerksamkeit zwischen der alten Oberstadt und den modernen Hafenanlagen aufzuteilen. Ein weißes Küstenwachboot lag abfahrbereit am Kai. Zwei uniformierte Männer lösten gerade die Vertauung und ein dritter winkte Andrea vom Ruderhaus zu.

„Wir werden schon erwartet!" Andrea erwiderte das Winken und schloss das Auto ab.

Sie kletterten über die Laufplanke an Bord, und Andrea wechselte ein paar schnelle französische Sätze mit einem Uniformierten, der eine beeindruckende Anzahl von Goldlitzen auf seiner Uniform und der Schirmkappe trug.

„Das ist Kapitän Bonnardi", informierte sie am Ende des Gesprächs Jennifer und Marko. „Er leitet diesen Einsatz, und er hofft, dass wir Erfolg haben werden!"

Marko bekam einen kräftigen Händedruck und Jennifer ein Lächeln, das unter einem glänzend gebürsteten, pechschwarzen Oberlippenbart hervorblitzte. Dann hallten schnelle Kommandos über Deck und das Polizeiboot entfernte sich nahezu lautlos vom Kai. Kapitän Bonnardi winkte seine Gäste ins Ruderhaus, und Andrea betätigte sich als Dolmetscherin.

„Der Hafenfjord von Bonifacio ist fast 1.500 Meter lang und war früher ein idealer Schlupfwinkel für Seeräuber!"

Marko und Jennifer nickten, während die Restaurants, Cafés und Hotels zu beiden Seiten an ihnen vorbei glitten. Um diese Tageszeit waren die stählernen Rollläden noch heruntergelassen und die Boutiquen mit den mehr zahlreichen, als geschmackvollen Souvenirs geschlossen. Lediglich vor einem kleinen Supermarkt stand ein Lastwagen mit Obstkisten, und ein paar Fischer ordneten ihre bunten Netze. Sie schenkten dem Polizeiboot keine große Aufmerksamkeit.

Fast unmerklich beschleunigte das starke Boot und ließ den Hafen mit den dicht belegten Stegen voller Yachten und Segelschiffe hinter ihnen zurück. Es rauschte durch den Fjord, dass ein paar heimkehrende Fischerboote von plötzlichen Wellen ins Schaukeln gebracht wurden, ehe es um die Landspitze Richtung Norden in die Straße von Sardinien bog, die an dieser Stelle nur zwölf Kilometer breit war.

Hier trugen die Wellen kleine weiße Gischthäubchen, und Jennifer musste sich an einer der Messingstangen festhalten, die rund um das Ruderhaus liefen, damit sie das Gleichgewicht behielt.

Kapitän Bonnardi lachte und setzte zu einem

neuerlichen raschen Wortschwall an. Marko hatte das Gefühl, dass er sich absichtlich ins Zeug legte, um seine deutschen Gäste zu beeindrucken. Er sah, dass Andrea ein Lächeln unterdrückte, ehe sie weiter übersetzte.

„Seht ihr dort rechts die Höhle in der Felswand? Das ist die Grotte von Sdragonato. Ein beliebter Touristenausflug, per Boot. Die Grotte erhält durch einen natürlichen Spalt in der Felsdecke ihr Tageslicht, der genau die Umrisse Korsikas besitzt. Das Licht wird unten vom algenbewachsenen Felsboden reflektiert und schimmert wie klares Türkis ..."

„Schön", seufzte Jennifer und dachte sehnsüchtig an ihre Kamera. Sie hatte sie eingepackt, um Korsikas Schönheiten zu fotografieren und nicht die Beutestücke von Versicherungsbetrügern.

Inzwischen hielt das Polizeiboot Kurs auf den Leuchtturm von Pertusato. Links glitt jetzt die andere Seite der Kalkfelsen von Bonifacio vorbei. Die Häuser der Altstadt schwebten wie eine unregelmäßig gezackte Spitzenborte über dem Abgrund. Jennifer entdeckte eine seltsame, schräg verlaufende Linie und warf Andrea einen fragenden Blick zu.

„Das ist die Treppe des Königs", erklärte Andrea. „187 Stufen, die angeblich in einer einzigen Nacht in den Felsen geschlagen wurden, um die Belagerung der Stadt zu beenden. Eine Dame namens Marguerite Bobias hat damals angeblich rechtzeitig Alarm geschlagen und Bonifacio gerettet!"

Kapitän Bonnardi schmunzelte, als er den vertrauten Namen verstand. Er warf ein paar schnelle Sätze ein, und Andrea verzog das Gesicht. „Es gibt auch die wahrscheinlichere Version, dass die Treppe zu einem Brunnen führte und viel früher angelegt wurde, aber ich finde sie nur halb so romantisch!"

Das Funktelefon klingelte, und Marko beobachtete, wie der korsische Polizeikapitän einen Funkspruch entgegennahm. Er konnte nicht verstehen, worum es ging, aber er machte sich seinen eigenen Reim auf die Reaktion des Beamten. Ein paar knappe schnelle Worte an den Mann am Steuer, ein weiterer Befehl nach draußen, und die Geschwindigkeit nahm zu. Das Lächeln unter dem Schnauzbart war verschwunden.

„Sie haben einen Beamten bei Benoît am Bootsverleih postiert", lieferte Andrea die Erklärung. „Hajo und Dieter sind dort aufgetaucht. Sie möchten ein Schlauchboot mit festem Boden und Außenbordmotor mieten. Benoît hat ihnen gesagt, dass erst gegen zehn eines frei ist!"

Auch in die übrigen Uniformierten auf dem Boot kam jetzt Leben. Sie zückten Ferngläser, schoben ihre Mützen aus der Stirn und machten sich an der Befestigung des Beiboots zu schaffen. Zwei Männer im Neoprenanzug und Tauchermasken traten dazu. Marko begriff, dass sie vom Meer aus in die Grotte schwimmen und die Gangster dort erwarten sollten. Kapitän Bonnardi wollte offensichtlich jedes überflüssige Risiko ausschalten.

„Sind wir schon da?" Marko konnte es nicht genau sagen. Vom Meer aus sahen die zahllosen Buchten und Halbinseln der zerklüfteten Küste hinter dem Golf von Santa Manza ganz anders aus. Er trat an die Reling und verengte die Augen.

„Gleich", hörte er Andrea antworten. „Sie machen schon das Beiboot klar, mit dem die Taucher und die Beamten an Land gehen. Erkennst du die Felsformation dort oben? Das ist dein steinerner Löwe von hinten."

„Und wir?"

„Wir bleiben hier in Funkkontakt mit den Beamten, sie brauchen vielleicht eure Hilfe, um die Grotte zu finden!"

„Wir könnten ja auch mit dem Beiboot fahren, das wäre einfacher?" Markos Ton schwankte zwischen Frage und Überredungsversuch.

„Ausgeschlossen!", rief Andrea energisch. „Außerdem sind wir Zivilisten, die bei einer Polizeiaktion ohnehin nichts zu suchen haben! Der Kapitän würde dir was husten!"

Marko warf Kapitän Bonnardi einen prüfenden Blick zu. Wenn der schnauzbärtige Polizeioffizier nicht gerade lachte, sah er mit seinen breiten Schultern eher einschüchternd aus.

Jennifer, die ihre Kamera dabeihatte, machte ein paar Aufnahmen vom Aufbruch der Polizisten und Taucher. Sie wirkte ganz in ihre Tätigkeit vertieft, aber Marko merkte, dass sie näher an ihn heranrückte. Es lag eine besondere Spannung in der Luft. Bisher hatte die Bootsfahrt eher einem Ausflug geglichen, aber nun wurde ihnen beiden schlagartig bewusst, dass sich die Männer im Beiboot möglicherweise in große Gefahr begaben.

Kapitän Bonnardi sagte etwas zu Andrea, und sie nickte, ehe sie sich den Kindern zuwandte. „Kommt ihr wieder ins Ruderhaus?"

Jennifer folgte der Bitte blitzartig, und Marko erkannte, dass sie die Veränderung ebenfalls spürte. Der Mann am Steuer warf ihnen ein Lächeln zu, als sie hereinkamen. Niemand sagte ein Wort. Lediglich das eingeschaltete Funkgerät knisterte, dann hörten sie eine schnelle Durchsage.

„Dieter und Hajo sind im Club losgefahren", übersetzte Andrea leise.

Ein weiteres Knistern, wieder eine französische Stimme.

„Sie haben die Bucht und die Steinsäule entdeckt", informierte Andrea. „Deine Aufnahmen waren prima, Jennifer! Wir hätten gar nicht mitkommen müssen. Die Taucher sind bereits im Wasser und in der Grotte."

Marko tauschte einen Blick mit seiner Schwester. Von wegen nicht mitkommen. Um keinen Preis hätten sie in diesem Moment woanders sein wollen. In den nächsten Minuten schien die Zeit stillzustehen. Das Küstenwachboot dümpelte mit fast lautlos gedrosseltem Motor in der bügelbrettglatten See, außer Sichtweite des Clubs. Marko bildete sich ein, von Ferne das Aufheulen eines Außenborders zu hören. Hajo und Dieter? Sein Herz raste und er spürte, wie sich die kleinen Härchen in seinem Nacken sträubten.

Eine neuerliche gedämpfte Bemerkung aus dem Lautsprecher.

„Sie kommen!", murmelte Andrea. Dann eine Pause und schließlich: „Sie landen an der Grotte!"

Sie hatte kaum ausgesprochen, als Kapitän Bonnardi neben den Steuermann trat und ein neuerliches Kommando gab. Der PS-starke Motor brummte auf und das Dümpeln wurde zur Vorwärtsbewegung.

Jennifer steppte von einem Fuß auf den anderen. Jetzt bogen sie um das Felskap. Mit einem Schlag weitete sich die Küste zur Panoramabucht des *Club Paradiso.* Ein Fotomotiv vom Feinsten, aber sie war viel zu aufgeregt, um nach der Kamera zu greifen. Dieses Bild hätte sie unter Garantie verwackelt!

„Tu veux?"

Der Steuermann stupste Marko mit dem Ellbogen an. Erst als der junge Mann mit dem Kopf auf das Fernglas deutete, das auf dem Absatz beim Armaturenbrett lag, begriff der Junge, dass ihm das Glas angeboten wurde.

„Danke, äh ... ich meine, *merci*!"

Hastig griff er danach und stellte die Schärfe ein. Eben noch rechtzeitig, denn in der winzigen Bucht die er jetzt vor das Glas bekam, überschlugen sich die Ereignisse. Er sah Männer in dunklen Tauchanzügen und Masken, die miteinander rangen. Uniformierte, die mit gezückten Waffen hinter den Felsen auftauchten und ein großes Schlauchboot mit Außenbordmotor, das halb auf den Sand gezogen worden war.

Es kam ihm wie ein alter Stummfilm vor. Erhobene Waffen, erschrockene Gesichter, Lippen die sich zum Fluch oder zum Schrei öffneten. Ehe Marko das Fernglas an Jennifer weiterreichen konnte, war schon alles vorbei. Kapitän Bonnardi sagte etwas, das vermutlich „Volle Kraft voraus!" hieß, denn das Polizeischiff machte einen Sprung vorwärts, sobald der Steuermann einen messingfarbenen Hebel verschob.

„Sie haben sie!", rief Jennifer atemlos. „Der Eingang zur Grotte ist frei! Es hat geklappt! Hurra!"

Hajo und Dieter teilten ihre Begeisterung nicht, als das Beiboot wenig später wieder festmachte. Sie schäumten vor Wut und überschütteten ihre Begleiter mit deutschen Flüchen. Zum ersten Mal fand Marko es ganz okay, dass keiner der Beamten ein Wort Deutsch sprach. Er wollte sich nicht für die beiden Blödmänner schämen müssen. Dass sie mit ihren gefesselten Händen Mühe hatten an Bord zu klettern, geschah ihnen ganz recht.

„Sieht so aus, als wäre der Playboy-Macho-Lack dahin", stellte Jennifer schaudernd fest. Ein Glück, dass die beiden ihre Puste in diesem Moment zum aussteigen benötigten.

Hajo kämpfte noch um sein Gleichgewicht, als er Andrea neben Kapitän Bonnardi entdeckte. Marko sah, wie er erstarrte, wie ihm das Blut in den Kopf stieg. Seine Augen bekamen einen Stich ins Glasige und wurden starr wie die einer riesigen Kröte. Gleichzeitig öffnete sich sein Mund.

Aus dem Fluch wurde ein einziger, blindwütiger Schrei! Die verblüfften Polizisten zögerten eine Sekunde zu lange. Hajo nutzte die Gelegenheit. Er riss seine Oberarme aus ihrem Griff und stürzte auf Andrea zu. Einen Herzschlag lang schien jeder auf dem Boot völlig gelähmt zu sein.

Marko wusste im Gegensatz zu Kapitän Bonnardi, dass Andrea auch in einer so gefährlichen Situation nicht hilflos war. Sie hätte mit Leichtigkeit zur Seite steppen und den gefesselten Mann mit einem Taekwondo-Kick ausschalten können, schließlich besaß sie einen Dan-Grad in dieser Kampfsportart. Es war nicht nötig, sie zu schützen.

Trotzdem reagierte der Junge um Bruchteile früher als seine Patentante. Sein Fuß schoss vor, direkt in Hajos Flugbahn. Der gefesselte Gangster stolperte über das unerwartete Hindernis und konnte sich nicht halten. Er landete, vom eigenen Schwung getragen, Kopf voraus krachend in einer großen Taurolle im Heck des Bootes.

Keiner der Uniformierten machte die kleinste Bewegung, um ihm aufzuhelfen. Alle standen schweigend da und sahen zu, wie er in den Tauen hing und sein Fluchen zu einem jämmerlichen Krächzen wurde. Auch sein Kumpan Dieter.

Marko grinste bis hinter beide Ohren. Ein Grinsen, das ein Echo bei seiner Schwester, bei Andrea und auf verschmitzte Weise auch bei Kapitän Bonnardi fand. Andrea gab dessen Worte weiter. Marko hatte nur etwas verstanden, das entfernt wie „brav“ klang.

„Er findet, dass du ein mutiger Knabe bist“, sagte seine Patentante mit einer kleinen Grimasse. „Mir sogar etwas zu mutig, ehrlich gesagt!“

Hinter ihnen rappelte sich Hajo mit Hilfe von zwei Polizeibeamten hoch, ehe er mitsamt seinem stummen Kumpan Dieter ins Innere des Bootes gebracht wurde. Seine heisere Stimme jaulte. Anscheinend hatte er sich bei Markos Aktion seinen Schädel kräftig angeschlagen.

„Und was ist eigentlich mit Paolo?“, erkundigte sich Jennifer neugierig. Sie stand an der Reling und sah zu, wie die schwarzen Folienpakete auf das Polizeiboot verladen wurden.

„Er ist sicher schon im Club, wenn wir zurückkommen“, erwiderte Andrea auf ihre Frage. „Er ist schon seit gestern Abend auf freiem Fuß, aber er sollte den Club meiden, damit Hajo und Dieter keinen Verdacht schöpfen.“

„Und was passiert mit den beiden jetzt?"

„So wie es aussieht, haben sie nicht nur eine Anklage wegen Versicherungsbetrugs am Hals, sondern auch wegen Widerstands gegen die Staatsgewalt", antwortete Andrea. „Aber das soll nicht unsere Sorge sein. Hauptsache wir sind sie los. Übrigens, wollt ihr mit nach Bonifacio fahren, oder am Steg abgesetzt werden? Der Kapitän lässt euch die Wahl!"

„Am Steg!", verkündeten Marko und Jennifer wie aus einem Mund.

So sehr sie die Ausflugs- und Abenteuerfahrt mit der *Gendarmerie maritime* genossen hatten, noch mehr Spaß machte es, unter dem Beifall von Jacques, den Animateuren und den begeisterten Club-Gästen von Bord des Polizeibootes zu gehen. Der Club-Manager schlug Marko auf die Schulter, dass er Mühe hatte, nicht in die Knie zu gehen.

„Das war echt große Klasse von euch beiden! Wir sind stolz auf euch!"

„Du hast leicht reden!" Andrea zog eine Grimasse und legte ihre Arme um Jennifer und Marko. „Ich habe keine Ahnung, wie die beiden das anstellen. Jedes Mal, wenn ich sie einlade, ziehen sie das Abenteuer an, wie ein frisch gebackener Pflaumenkuchen die Wespen!"

„Vielleicht sollten wir Animateure für Abenteuerurlaub werden?", grinste Marko.

„Ohne mich!" Jennifer hatte andere Pläne für die nächsten Tage. „Ich will jetzt am Strand abhängen, tolle Fotos machen und höchstens ein paar *Seeteufel* ärgern. Mein Bedarf an Nervenkitzel ist für diese Ferien gedeckt."

„Schade! Dabei wollte ich euch einladen zu einem richtigen Abenteuer!" Paolo grinste wie das verschollene Modell für den Korsenkopf und drängelte sich nach vorne. „Eine original korsische Wildschweinessen. Ein kleines Merci dafür, dass ihr mir geholfen habt, zu zeigen, dass ich bin total *innocent,* wie sagt man ...?"

„Unschuldig!", half Andrea fröhlich.

„Wildschweinessen?" Jennifer quietschte entsetzt. „Ich würde gerne Wildschweine fotografieren, aber doch nicht essen! Das finde ich bei Asterix und Obelix schon immer ziemlich daneben!"

„Ich mag Pizza auch lieber", sagte Marko mit Nachdruck. „Pizza mit allem, aber bitte ohne Wildschwein!"

„D'accord, ich ...", begann Paolo und wurde von einem Aufschrei unterbrochen.

Ein Mädchen drängelte sich durch die Versammlung am Pier und warf sich aufgeregt in seine Arme. Jennifer und Marko erkannten die kleine, dunkelhaarige Korsin, die schon einmal nach Paolo gefragt hatte.

Sie redete in atemberaubendem Tempo auf ihn ein und fand trotzdem immer wieder dazwischen die Zeit, ihn zu küssen. Paolo nahm den temperamentvollen Gefühlsausbruch lachend hin. Die Zuneigung beruhte allem Anschein nach auf Gegenseitigkeit.

„*Eh voilá,* das ist Maria, meine Freundin!"

„Haben wir uns irgendwie gedacht", flachste Marko.

„Maria Sagostini!", fügte Jacques in einem Ton hinzu, der seine Verblüffung erkennen ließ.

Bei Marko fiel der Groschen. „Die Tochter von unserem wild gewordenen Korsen?"

„Die Enkelin", korrigierte der Clubleiter.

„Romeo und Julia!"

Jennifer seufzte mitfühlend. Sie fand, dass Paolo und Maria ein tolles Paar waren. Als Deutsch- und Literaturass wusste sie aber auch, dass Romeo und Julia erhebliche Schwierigkeiten mit ihren sturen Familien gehabt hatten. Schwierigkeiten, die diese beiden ebenfalls bekommen würden, wenn Marias Großvater von dieser Freundschaft erfuhr.

„Du warst bei Maria, als du neulich vor der Karaoke-Party verschwunden bist und uns auf dem Heimweg an der Mauer überholt hast!", löste Marko nur der Ordnung halber noch ein letztes Rätsel.

„Exakt!", grinste Paolo. „Wir müssen euch wirklich dafür dankbar sein. Hättet ihr Marias *grand-père* an diesem Abend nicht abgelenkt, er hätte uns entdeckt! Er ist nicht einverstanden damit, dass Maria hat einen Freund."

„Die Polizei hat Paolo in erster Linie mitgenommen, weil er ihnen nicht verraten wollte, wo er am frühen Abend gewesen ist", fügte Jacques hinzu. „Er hatte Angst, dass die Beamten bei Monsieur Sagostini aufkreuzen und Maria verhören. Er wollte ihr Ärger ersparen und hat sich damit natürlich verdächtig gemacht!"

„Ein edler Zug von ihm, aber wie soll es mit den beiden weitergehen?" Jennifer fürchtete um das Happyend für Maria und Paolo. „Er kann doch nicht für alle Zeiten mit Maria Versteck spielen!"

„Wie wäre es, wenn wir die Lösung dieses Problems Paolo selbst überließen?", schlug Andrea vor. „Ihr seid hier, um schöne Ferien zu verbringen, nicht um korsische Studenten und ihre Freundinnen vor Familienknatsch zu bewahren. Damit muss er allein klarkommen!"

„Hey, da seid ihr ja! Wo habt ihr nur gesteckt, ich habe euch überall gesucht!"

Miriam hatte das Ablegen des Küstenwachbootes verpasst und deswegen keine Ahnung von den Ereignissen an diesem aufregenden Morgen. Sie kam von einem Tennisspiel und bedachte Paolo und Maria nur mit einem mäßig interessierten Blick. Ihre ganze Aufmerksamkeit konzentrierte sich wieder mal auf Marko.

„Das ist eine schrecklich lange Geschichte, und ich für meinen Teil habe einen gigantischen Hunger nach der ganzen Aufregung. Dieses hastige Mini-Frühstück heute Morgen hat nicht mal für einen hohlen Zahn gereicht!"

„Ich lade euch ein!" Jacques' großzügiges Angebot erstreckte sich auch auf Miriam. „Es gibt Spezialfrühstück in der Strandbar! Was haltet ihr von *Crêpes Banana-split*?"

Miriam lief bei der Aussicht auf süße Crêpes mit Eis und Sahne das Wasser im Mund zusammen, aber sie war ehrlich genug, um die Einladung abzulehnen. „Ich habe doch gar nichts getan!"

„Hast du doch!", räumte Marko großzügig ein. „Ohne deine versicherungstechnische Beratung wären wir Hajo und Dieter nicht so schnell auf die Schliche gekommen. Du gehörst zum Team!"

Miriam lief rot an, und Jennifer gab ihrem Bruder einen leichten Rippenstoß.

„Nachdem du deine Vorurteile gegen Korsika und die Korsen so erfolgreich korrigiert hast, solltest du vielleicht auch die anderen mal unter die Lupe nehmen", zog sie ihn auf.

Marko gab sich total cool. „Mal sehen. Wer weiß, was noch alles passiert im *Club Paradiso*!"

Jennifer grinste und hakte sich bei Miriam ein. Jetzt konnten endlich die richtigen Ferien beginnen!